哈福

哈福

哈福

哈福

5分鐘開口說旅遊法語

我的第一本
法語旅遊書

林曉葳 Marie Garrigues◎合著

前言

5分鐘開口說旅遊法語

法國，全世界觀光客最多的國家，約有8億多個外國人到過法國觀光、遊學、瞎拼、參觀和訪問，除了觀賞傳統法國文化、自然遺產、生活藝術，最重要是擷取法國最新的流行時尚精華。

現在全世界每年到法國的觀光客，有4千多萬人；法國旅遊也是台灣人的最愛，一年約有15萬人，其中約有50%人數參加團體旅遊，另有50%人數是自助旅行。

法國最令人嚮往的城市就是巴黎，16至19世紀間，是世界上最大的城市，已有近一千年時間，巴黎是西方世界最大的城市之一，與美國紐約、英國倫敦和日本東京，並列世界四大國際級都市，巴黎是歐洲綠化最深，最適合人類居住的城市之一。

提到法國，說到巴黎，你想到什麼呢？想必是名媛最愛的CHANEL、Louis Vuitton、GUCCI、FENDI…等名牌精品，和舉世有名的艾菲爾鐵塔、凱旋門、聖母院、羅浮宮、凡爾賽宮、香榭麗舍大道、戴高樂廣場等旅遊熱點，和葡萄酒、鵝肝醬、生蠔等美食……。

不論你是什麼理由去法國，好好享受夢幻法國迷人的氣息，總是必要的啦。搭了十幾個小時飛機，也該讓自己擁有一段美好的旅遊記憶，然而要怎樣創造一段終生難忘的旅行呢？首要之事，當然應該先做好行前準備工作！

做好準備的第一步，就是先學法語。雖然英語是通行國際的語言，但多數法國人平日生活的習慣用語，仍然是以法語為主，如果你不願意只是做個走馬看花的觀光客，或是只能用英語跟法國人雞同鴨講，學會法語和法國人往來，才能更深入了解法國生活，說不定還可以交到很多法國的新朋友喔！

像學說話的小孩一樣，靜靜的聽

多學會一種語言，等於多一種與人溝通的工具，擴充自己的人脈，同時人生也更有國際觀，還可以發展經貿生意，不然好不容易到了法國，卻因為語言不通，玩得不盡興？你是否：

想問路 只能比手畫腳？

想血拼 不知如何殺價？

想喝咖啡 有口難言？

就讓本書終結你的煩惱，讓你輕鬆悠遊法國！從準備出發，所有用得到的法語全都有！本書以到法國觀光必備的情境會話為編寫原則，根據購物、餐飲、住宿、交通、娛樂等不同的場景分列，方便讀者學習與查閱。

每個例句均包含中文、法語、英語及中文發音輔助，學語言最好先把閱讀音像化，最快的方法，就是從「聽」開始入門，本書附贈的MP3，你可以先像學說話的小孩一樣，靜靜

的聽，聽多了，你就可以開始牙牙學語。

學一句用一句，學到哪講到哪

對於初學者，可以利用「法語偷呷步」一中文輔助發音，用眼睛看中文輔助發音，用耳朵聽MP3，3分鐘就能開口法語了。

如果你是大忙人，沒有很多時間學，也可用一指神通法，本書同場加映英文，中英法3國語，你看著中文，手指著法文或英文，浪漫巴黎香榭大道，吃喝玩樂，快亦通，Easy 500句，簡單學輕鬆玩，遊法不求人。

學語言沒有太多艱深的道理與規則，不要貪多，隨時聽，隨地聽，學一句用一句，學到哪講到哪，大腦裡的語言中樞，自然就會把從嘴巴裡發出的語彙，納入記憶，講多了，聽久了，就習慣了，所有的語言就會跟母語一樣，成為你的直覺潛能，然後不假思索就脫口說出來了，希望本書對您的法國之行，發揮最大功效。

contents

夢幻法國，我來了！
La France de mes rêves, J’arrive!

Chapitre 3 觀光旅行必備語 les termes essentiels de tourisme

夢幻法國，我來了！
La France de mes rêves, J’arrive!

Chapitre 4 意外狀況會應付 Faire face aux situations diverses

夢幻法國初體驗
Premières expériences

Chapitre 5 陸海空交通工具 les transports

夢幻法國初體驗
Premières expériences

Chapitre 6 舒適休息住飯店 Hôtels et hebergement

夢幻法國逍遙遊
Petites promenades

Chapitre 7 吃香喝辣美食通 La gastronomie française

夢幻法國大血拼
Shopping et mode

Chapitre 8 血拼敗家真過癮 Faire du shopping en s'amusant

Chapitre 9 展覽表演看不完 Sorties et événements

法國旅遊趣
Voyager en France.

Chapitre 10 休閒娛樂好去處 Où aller?

學法語第1要訣——先學會打招呼

D'abord apprendre à dire bonjour

禮貌優雅的法國人總是不吝於給觀光客最溫暖、熱忱的接待，來自世界各地的觀光遊客，每年為法國帶來為數可觀的觀光收益。出國旅遊當然要玩得盡興，不過也別忘了要展現出基本的國民禮儀，走到哪裡都能成為受歡迎的旅客，同時也能為旅行留下美好記憶。

早安！

Bonjour!

朋九何

Good morning.

午安！

Bon après-midi.

朋阿配米地

Good afternoon.

晚安！

Bonsoir.

朋絲襪何

Good evening.

晚安！

Bonne nuit.

朋呢女

Good night.

大家好！

Bonjour à tous!

朋九何阿土司

How do you do?

再見！

Au revoir.

偶何襪何

Good-bye.

謝謝！

Merci.

湄河西

Thank you.

不客氣！

Je vous en prie.

九福宗皮

You are welcome.

對不起！

Je suis désolé(e).

九十對走類

I am sorry.

不好意思！

Excusez-moi.

S估賽母

Excuse me.

您好！／你們好！

Bonjour!

朋九何

Hi! / Hello!

你好嗎？

Comment allez-vous? / Comment vas-tu?

 恐夢打類母／恐夢碼居

 How are you?

托您的福，我很好。

Je vais très bien. Merci.

 九非太比樣 湄河西

 I am fine. Thank you.

初次見面，請多關照。

Enchanté(e). Je vous serais très reconnaissant(e) de m'aider.

 翁兄跌 九母蛇黑太何恐内送都媚跌

 Nice to meet you. I would appreciate any help you can you offer.

請多多指教。

Je vous serais très reconnaissant(e) de me conseiller.

 九福蛇黑太何恐内送都母恐賽也

 I would appreciate any suggestions you may give me.

好久不見。

Ça fait longtemps que je ne vous ai pas vu(e). / Ça fait longtemps que je ne t’ai pas vu(e).

薩廢隆東股呢府賊八育／薩廢隆東股呢day八育

Long time no see.

改天見。

A bientôt.

阿皮夬斗

See you later.

我先走了。

Je dois m’en aller maintenant.

久打蒙那類馬單諾

I must go now.

請保持聯絡。

Restons en contact.

黑什翁恐踏客特

Let’s keep in touch!

謝謝關心。

Merci de vous être inquité(e). / Merci de t'être inquité(e).

湄河西督福賊特安己也day／湄河西渡day特安己也day

Thank you for your concern.

很高興見到你。

Ça me fait plaisir de vous voir.

撒母非普雷機何都母襪何

I am glad to see you.

請不要見怪。

Ne vous vexez pas. / Ne te vexe pas.

呢府非賽罷／呢特非斯罷

Please don't take offense.

忙不忙？

Etes-vous occupé(e)?/ Es-tu occupé(e)?

ㄟ特母歐庫配／ㄟ居歐庫配

Are you busy?

夢幻法國, 我來了！
La France de mes rêves, J'arrive!

Chapitre 1

交新朋友第一步

Étape 1: se faire de nouveaux amis

出國旅遊，除了觀光購物之外，最有趣的事，莫過於可以認識來自世界各地的新朋友，認識新朋友的第一步，就是要自我介紹，讓對方有機會認識你、瞭解你，如果能溜兩句法語的自我介紹，可以更快拉近彼此的距離喔！

自我介紹
Se présenter

你一定曾經在各種場合做過自我介紹，除了姓名之外，你通常如何描述自己呢？先準備一段生動活潑的自我介紹詞吧！保證會讓每個初識的人都對你印象深刻喔！說不定還有機會帶來一段美好的國際友誼呢！

請問貴姓大名？

Quel est votre nom de famille? / Quel est ton nom de famille?

 給類佛特弄都發米／給類同弄都發米

 What is your name?

我姓馬。

Je suis Monsieur Ma / Madame Ma / Mademoiselle Ma.

 九十密司優 馬／馬但 馬／馬德馬賊了 馬

 I am Mr. Ma./ Mrs. Ma./ Ms. Ma.

我叫邱子耘。

Je m'appelle Chiou Zi-Yun.

九罵被了邱子耘

I am Chiou Zi-Yun.

你是哪裡人？

D'où venez vous? / D'où viens-tu?

都焚内母／杜西樣居

Where are you from?

你是不是法國人呀？

Etes-vous français(e)? / Es-tu français(e)?

ㄟ特母風塞／ㄟ居風塞

Were you born in French?

我是台灣人。

Je suis taiwanais(e).

九十台灣内（司）

I am Taiwanese.

中國人
Chinois(e)
須那（子）

日本人
Japonais(e)
家碰餒（子）

韓國人
Coréen(ne)
口黑安（呢）

美國人
Américain(e)
阿美力看（肯）

義大利人
Italien(ne)
義大力安（呢）

德國人
Allemand(e)
阿樂夢（得）

英國人
Anglais(e)
翁格雷（子）

西班牙人
Espagnole
A司班泥又了

澳洲人
Australien(ne)
歐司搭力安（呢）

請問你在哪裡上班？

Où travaillez-vous? / Où travailles-tu?

烏踏乏也母／烏踏乏也居

Where do you work?

我在出版社上班。

Je travaille dans une maison d'édition.

九踏乏也東據呢美縱得低雄

I work in a publishing corporation.

我是大學生。

Je suis étudiant(e).

九十 A 居低永（特）

I am a college student.

我今年二十八歲。

J'ai vingt-huit ans.

決萬居動

I am twenty-eight years old.

我第一次到法國。

C'est la première fois que je viens en France.

賽拉別法股九米幾米樣法蘭司

This is my first time in France.

我是來法國旅行的。

Je suis venu(e) en France pour voyager.

九十一分女翁法蘭司僕何哇呀節

I've come to France to travel.

我不會講法語。

Je ne parle pas le français.

九呢怕何了怕了風塞

I don't know how to speak French.

我只會講一點點法語。

Je parle juste un petit peu le français.

九怕何了安不地不都了風塞

I speak only a little French.

噓寒問暖
Salutations

天氣的表情就像女人的服裝一樣充滿變化，天氣是永遠不退流行的聊天話題，管它是晴時多雲偶陣雨，還是陰晴不定，只要搞定幾個簡單的天氣問候語，遇見你的人就能輕易的感受到對話裡溫暖的關懷之情。

今天天氣如何？

Quel temps fait-il aujourd'hui?

給了東非梯了歐九何居

How is the weather today?

天氣預報是怎樣呢？

Quelles sont les prévisions météorologique?

姑了宋類沒米雄沒對歐羅及客

What does the weather forecast say?

今天天氣很好。

Il fait beau aujourd'hui.

一了非破歐九何居

The weather is fine today.

整天都有太陽。

Il y aura du soleil toute la journée.

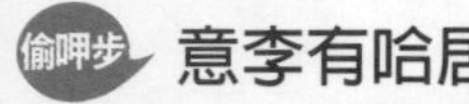

意李有哈居手類也圖特拉九何內

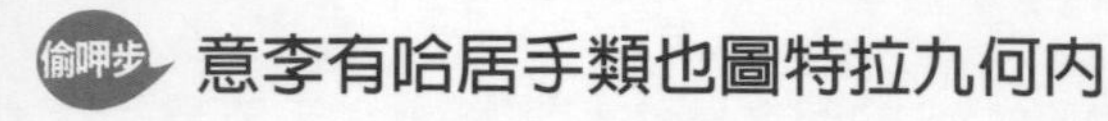

It will be sunny the whole day.

最近天氣很悶熱。

Il a fait lourd ces derniers jours.

意拉非路何賽day何泥業何九何

It has been muggy recently.

氣象報告說明天好像會下雨。

Le bulletin météorologique dit qu'il va probablement pleuvoir demain.

了必了單沒對歐羅及客低據了博把不了乏普樂娃都慢

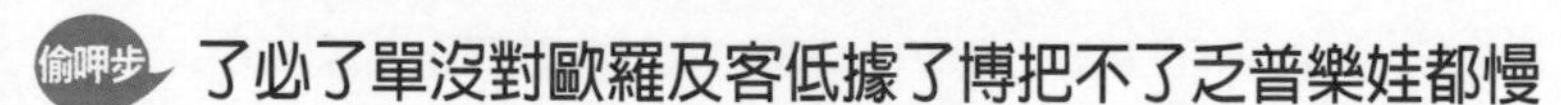

The weather forcast says that it will probably be rainy tomorrow.

你有沒有帶雨傘？

Avez-vous apporté un parapluie? / As-tu apporté un parapluie?

阿非母阿波代安怕哈普律／阿居阿波代安怕哈普律

Did you take an umbrella with you?

晴天
ensoleillé
翁手類爺

陰天
nuageux
女訝決

下雨
pluvieux
普路米有

打雷
tonnerre
頭內何

下雪
enneigé
翁內決

大霧
brumeux
不量ㄇ

悶熱
lourd
路何

乾燥
sec
賽客

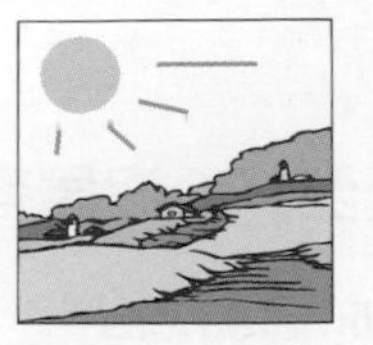

潮濕
humide
於米的

最近天氣很冷。

Il a fait froid ces derniers jours.

意拉非花賽day何泥業何九何

It was very cold recently.

溫度好像會回升。

Il va probablement à nouveau faire chaud.

意拉娃撥霸補了蒙阿努否非核秀

It will probably be warm again.

天氣忽冷忽熱。

Il fait parfois froid et parfois chaud.

意拉非罷法法ㄟ罷法秀

The weather is sometimes cold and sometimes hot.

你喜不喜歡這裡的氣候呢？

Aimez-vous le climat d'ici? / Aimes-tu le climat d'ici?

ㄟ沒府了客李馬低西／ㄟ沒居客李馬低西

Do you like the climate here?

夏天天氣如何？

Quel temps fait-il en été?

給了動非題了翁內day

How is the weather in summer?

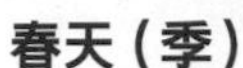

春天（季）

printemps

潘動

夏天（季）

été

ㄟday

秋天（季）

automne

歐痛呢

冬天（季）

hiver

一非

這裡的夏天會不會經常下雨？

Pleut-il souvent ici en été?

普樂題了逼西翁內day

Does it rain frequently here in summer?

夏天的氣候比較乾燥。

Il fait plus sec en été.

一了非普律賽客翁內day

The climate in summer is drier.

春天的氣候比較潮濕。

Il fait plus humide au printemps.

一了非普律淤米的歐潘動

The climate in spring is more humid.

法國的氣候真好。

Le climat en France est vraiment agréable.

了客李馬都法蘭司ㄟ佛害盟阿葛黑亞布了

The climate in France is really great.

介紹家人
Présenter sa famille

和朋友談話時，聊聊雙方的家人是最容易拉近彼此距離的話題，彷彿立刻從普通朋友變成了結識已久的老朋友，這麼好用的社交句型，趕快多學幾句備用吧！教你一個小訣竅喔！閒來無事時，不妨把說明家人工作、年齡等基本資料的句型多練習幾次，臨到派上用場的時候，連當地人都會覺得你的法語說得很溜呢！

你家裡有幾個人呢？

Il y a combien de personne dans votre famille?

伊利亞弓皮樣的啤森東否頭發米

How many people are there in your family?

我家裡有五個人。

Il y a cinq personnes dans ma famille.

伊里亞三克啤森東馬發米

There are five people in my family.

你有幾個兄弟姊妹呢？

Combien avez-vous de frères et de soeurs? / Combien as-tu de frères et de soeurs?

拱鼻樣姆砸梅宮皮樣的非核欸堵塞何／拱鼻樣姆砸居皮樣的非核欸堵塞何

How many brothers and sisters do you have?

我有兩個姊姊、一個弟弟。

J'ai deux grandes soeurs et un petit frère.

絕度葛紅的色合欸安不低非核

I have two elder sisters and one younger brother.

爺爺、外公
grand-père
葛洪培何

奶奶、外婆
grand-mère
葛紅莓何

爸爸
papa / père
壩壩／培何

媽媽
maman / mère
媽盟／莓何

哥哥
grand frère
葛洪非核

姐姐
grande soeur
葛紅的色合

弟弟
petit frère
不低非核

妹妹
petite soeur
不低的色合

丈夫
mari
馬西

妻子
femme
放莫

兒子
fils
飛石

女兒
fille
非也

孫子
petit-fils
舖低飛石

孫女
petite-fille
舖低的非也

你有沒有小孩呢？

Avez-vous des enfants? / As-tu des enfants?

 阿飛母砸每得中逢／阿居砸每得中逢

 Do you have children?

我有一個女兒、一個兒子。

J'ai une fille et un fils.

 嘴於呢非也欸安分時

 I have a daughter and a son.

你的父母是做什麼工作的？

Qu'est ce que vos parents font dans la vie? / Qu'est ce que tes parents font dans la vie?

 給死股母爬宏逢東拉密／給死股母day爬宏逢東拉密

 What do your parents do?

我的爸爸是工程師，媽媽是護士。

Mon père est ingénieur, et ma mère est infirmière.

 盟陪何ㄟ安追尼又何 ㄟ馬沒闔誒安非核米爺何

 My dad is an engineer, my mom is a nurse.

醫生
médecin
枚地生

律師
avocat(e)
鋼否卡

老師
professeur
波非色

經理
gérant
絕宏

建築工人
ouvrier(ère) du bâtiment
物符合業（何）居霸踢盟

計程車司機
chauffeur de taxi
修否合督他析

導遊
guide touristique
居的圖一斯踢克

售貨員
vendeur(deuse)
蒙德河（子）

藝術表演者
artiste
芽何踢死特

我哥哥已經結婚了，妹妹還是個學生。

Mon grand frère est déjà marié, et ma soeur est encore étudiante.

盟葛紅的非核欵隊價碼禧夜 ㄟ碼色合誒翁媾和A居低用特

My brother is already married and my sister is a student.

你的父母多大年紀了？

Quel âge ont vos parents? / Quel âge ont tes parents?

給拉居翁否爬宏／給拉居day爬宏

How old are your parents?

你的小孩幾歲了？

Quel âge a votre enfant? / Quel âge a ton enfant?

給拉居啦佛特翁豐／給拉居啦同翁豐

How old is your child? / How old are your children?

你現在一個人住嗎？

Vous habitez tout(e) seul(e) maintenant? / Tu habites tout(e) seul(e) maintenant?

母砸比太突特受了瑪丹諾／舉阿比太突特受了瑪丹諾

Do you live alone?

我跟家人住在一起。

J'habite avec ma famille.

夾彼特阿菲特馬發迷

I live with my family.

這張照片的小女孩很可愛，是誰呀？

La petite fille sur cette photo est très mignonne, qui est-ce?

拉不低的飛也需赫特否投誒泰米妮用呢 居ㄟ死

The little girl in the picture is very cute, who is she?

她是我的小姪女，叫荳荳。

C'est ma petite cousine, et elle s'appelle DoDo.

誰碼不低的妃也 ㄟ了莎貝了荳荳

She is my little niece, her name is DoDo.

個性、興趣閒談

Parler de sa personnalité et de ses goûts

喜歡旅行的人通常也會對很多事情感到興味盎然，旅行途中如果有機會遇到同好，彼此的話匣子一打開，恐怕就停不了了，這麼難得的交朋友好機會，當然不能輕易放過囉！快點練習表達自己的興趣及個性吧！

你平常都做什麼運動？

Quel est le sport que vous pratiquez le plus souvent? / Quel est le sport que tu pratiques le plus souvent?

給了斯柏合府怕剃給了普率蘇逢／給了斯柏合居霸替各了普率蘇逢

What kind of exercise do you usually do?

我喜歡打網球和游泳。

J'aime jouer au tennis et nager.

嘴母飛九爺悟天妮絲誒非那絕

I like playing tennis and swimming.

你有沒有打過籃球？

N'avez-vous jamais joué au basket-ball? / N'as-tu jamais joué au basket-ball?

那飛母家美救也誤把斯給特否／那居家美救也誤把斯給特否

Have you ever played basketball?

騎腳踏車 faire du vélo 非合居非饗	打棒球 jouer au base-ball 就也誤把斯給訥否	慢跑 faire du jogging 就也誤家更
打保齡球 jouer au bowling 就也誤波零	打高爾夫球 jouer au golf 就也誤夠了夫	健身運動 faire de la culture physique 非核賭啦苦了據何飛幾克
跳舞 danser 東協	玩線上遊戲 jouer aux jeux sur l'Internet 就也誤就需核安特涅特	上網聊天 discuter sur l'Internet 低斯居day需核安泰涅特

那麼下次一起去打網球。

Alors jouons ensemble au tennis la prochaine fois.

阿羅何就越悟天妮絲拉撥旋呢華

Let's play tennis together next time.

我喜歡釣魚。

J'aime pêcher.

絕莫貝許

I like fishing.

我喜歡逛街購物。

J’aime faire les magasins.

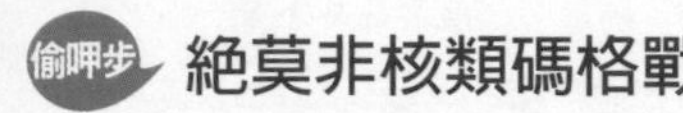

偷呷步 絕莫非核類碼格戰

同場加映 I like shopping.

我喜歡看電影。

J’aime regarder les films.

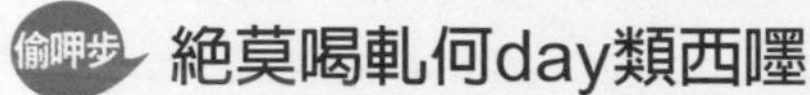

偷呷步 絕莫喝軋何day類西嘿

同場加映 I like watching movie.

你喜歡吃什麼？

Qu’est-ce que vous aimez manger? /
Qu’est-ce que tu aimes manger?

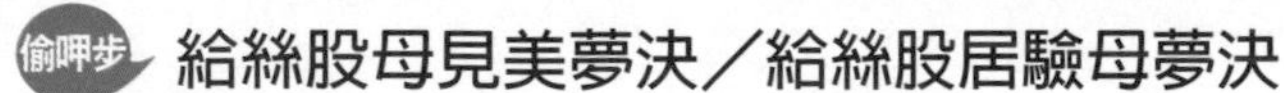

偷呷步 給絲股母見美夢決／給絲股居驗母夢決

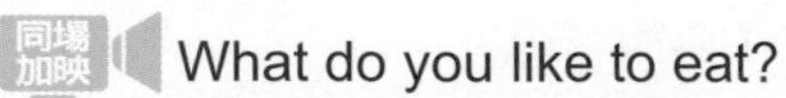

同場加映 What do you like to eat?

我喜歡吃零食點心。

J’aime manger les casse-croûtes.

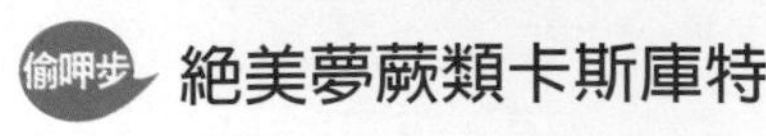

偷呷步 絕美夢蕨類卡斯庫特

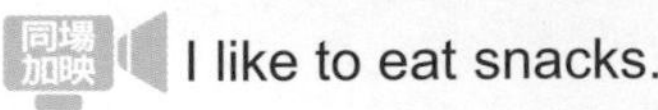

同場加映 I like to eat snacks.

驚悚恐怖片
film d'horreur
飛莫杜台荷荷

文藝愛情片
film dramatique
飛莫打麻替各

武打動作片
film d'action
飛莫打克雄

動畫卡通片
dessin animé
得善案你沒多

懸疑推理劇
film policier
飛莫波哩禧夜

舞蹈表演
spectacle de danse
斯北克大各了督東司

歌劇
opéra
歐貝哈

演唱會
concert
空鞋盒

音樂會
concert
空鞋盒

要不要跟我一起去聽音樂會？

Voulez-vous aller au concert avec moi? / Veux-tu aller au concert avec moi?

母類姆阿類物稀内碼阿美可姆／府居阿類物稀内碼阿美可姆

Would you like to go to a concert with me?

但是我不喜歡聽搖滾樂。

Mais je n'aime pas écouter le rock.

每九年A股day了霍克

But I don't like listening to rock-and-roll.

那麼我們去聽鋼琴演奏。

Alors nous allons écouter un concert de piano.

阿羅何欵故帶安恐賽荷物仳亞諾

Then let's listen to a solo piano performance.

我超級喜歡吃巧克力。

J'aime beaucoup le chocolat

絕莫部骨了修科辣

I like to eat chocolate so much.

你喜不喜歡看小說呢？

Aimez-vous lire les romans? / Aimes-tu lire les romans?

A沒姆絕美利河類侯盟／A居姆絕美利河類侯盟

Do you like reading novels?

你喜歡看什麼電視節目？

Quelle type d'émission TV aimez-vous regarder? / Quelle type d'émission TV aimes-tu regarder?

給了售荷得迷雄A妹府何軋何day／給了售荷得迷雄A妹居何軋何day

What kind of TV programs do you like to watch?

熱愛度假的法國人

法國人喜歡度假，尤其喜歡到海灘邊享受陽光的洗禮，因此每到假期，法國北部的諾曼第海灘及南部的蔚藍海岸總是人滿為患。

其實，法國40%的家庭由於經濟因素沒有外出度假，因此巴黎市政府每年夏天都把塞納河兩岸改造成沙灘，供人們休閒、享受日光浴。這樣，有些家庭就會選擇留在巴黎，把節省下來的開支用於日常休閒消費。

現在的法國人都學聰明了，不再單純追求到外地度假。自從法國實行每週35小時工作制以來，每個人日常支配的時間比以前更多，因此社區的活動及俱樂部，如健身、繪畫、戲劇及音樂中心等特別熱門。此外，家庭裝修、園藝講座等也吸引了不少人報名參加。

夢幻法國，我來了！

La France de mes rêves, J'arrive!

Chapitre 2

基本用詞先記住

Mots de base à retenir

平常講話講到數字或時間、日期的機會，幾乎跟我們每天出門都會看到人一樣。學習任何一種語言，先學會這些基本的用詞，就能善加運用與變化，還能隨時隨地舉一反三。而數字、時間、星期、月份等，總共就那麼幾個詞，而且用法千年不變，把它們記到腦袋裡，就可以得心應手的運用囉！

數字

Nombres

學會數字真的超好用喔！買東西可以殺價，出門不戴手錶可以問時間，認識新朋友可以交換電話，好處一大堆，趕快學起來有備無患。如果無論如何實在記不住數字的唸法，隨身攜帶紙筆，可以應急喔！因為偉大的阿拉伯數字是走遍世界都通用的呢！

你的電話號碼幾號呢？

Quel est votre numéro de téléphone? / Quel est ton numéro de téléphone?

給累否頭扭梅後督台類風呢／給累同扭梅後督台類風呢

What is your telephone number?

我的電話號碼是2218-6473。

Mon numéro de téléphone est le vingt-deux dix-huit soixante-quatre soixante-treize.

盟扭梅後督台類風呢欸了萬度低食慾特刷送尬德河刷送太子

My telephone number is double two one eight six four seven three.

這件外套120歐元。

Ce manteau coûte cent vingt Euros.

色盟投顧德松萬物侯

This coat is one hundred and twenty Euros.

一	un	案
二	deux	度
三	trois	脱
四	quatre	尬特河
五	cinq	三客
六	six	細絲
七	sept	賽特

八	huit	郁特
九	neuf	訥福
十	dix	低時
十一	onze	甕十
二十	vingt	萬
三十	trente	統特
四十	quarante	尬紅特
五十	cinquante	散工特
六十	soixante	刷松特
七十	soixante-dix	刷松特低時
八十	quatre-vingt	尬特萬
九十	quatre-vingt-dix	尬特萬低時
一百	cent	松

一百零一	cent un	松安
一千	mille	弭了
一千一百	mille cent	饔子松
一萬	dix mille	低靡了
一萬一千	onze mille	饔紫米了
十萬	cent mille	松弭了
一百萬	un million	案米里永
一千萬	dix millions	低靡李永
一億	un billiard	按比例亞河

參加城市旅遊的費用是155歐元。

Le prix du tour de la ville est de cent cinquante-cinq Euros.

了皮居圖盒督拉米了誒共三歐侯

The city tour charge one hundred and fifty-five Euros.

身高110公分以下的孩童可以買半票。

Les enfants de moins de cent dix centimètres peuvent acheter les billets à moitié prix.

淚粽夢堵滿肚丁梅特何不符阿削得類比爺阿馬提業皮

Children below 110 cm tall can purchase half-fare tickets.

這本書的售價是6.5歐元。

Ce livre coûte six Euros et cinquante centimes.

色禮服何故的西歐侯三共送停呢

The price of this book is six point five Euors.

原本巴黎與北京角逐2008年奧運會舉辦城市， 但落選了。

A l’origine, Paris et Péking voulaient devenir la ville des Jeux Olympiques de 2008, mais Paris n’a pas réussi.

阿羅戲劇 ㄅ離欸北京福雷的墳逆盒拉米了得就歐蘭皮克 每巴黎那霸嘿愈細

Originally, Paris and Beijing wanted to be the city which will host the Olympic games in 2008, but Paris didn’t succeed.

星期
Jours de la semaine

一星期有七天，從星期一到星期天，雖然各國的文字語言有不同的說法，但只要沒有跨越不同時區，每天的星期幾不論在哪裡都是一樣的喔！法國跟台灣的地理位置相差了六～七小時的時區（差別在於夏日節約時間會提前一小時），台灣的星期四清晨是法國的星期三晚上喔！

今天是星期幾呀？

Quel jour sommes-nous?

給了九核松努

What day is today?

今天是星期三。

Nous sommes mercredi.

努松沒河口第

Today is Wednesday.

我們星期日要去逛街。

Nous allons faire les magasins dimanche.

努砸攏飛殼類碼價站低夢許

We'll go shopping on Sunday.

星期一
lundi
能第

星期二
mardi
馬荷第

星期三
mercredi
湄河口第

星期四
jeudi
九第

星期五
vendredi
蒙德何第

星期六
samedi
三第

星期日
dimanche
帝夢旭

週末
week-end
為崁的

一週
semaine
森曼呢

月份
Mois de l'année

一年有十二個月，不論跑到世界上的任何角落都是一樣的，差別只在於十二個月分配到春夏秋冬四季的區分點不太一樣而已。出門旅遊前要注意旅行當地的氣候，才不會因為帶錯了衣服，不是熱得要命就是冷得受不了。

今天是幾月幾日啊？

Quelle est la date d'aujourd'hui?

給累拉大特斗九合居

What is today's date?

今天是四月二日。

Nous sommes le deux avril.

努松了杜阿芙西了

Today is April 2nd.

我的生日是七月二十一日。

Mon anniversaire est le vingt-et-un juillet.

蒙安妮合賽荷ㄟ了萬得安居爺

My birthday is on July 21st.

一月 janvier 講迷爺 	二月 février 飛扶呵爺 	三月 mars 馬荷絲 
四月 avril 阿芙西了 	五月 mai 沒 	六月 juin 九案 
七月 juillet 居爺 	八月 août 物特 	九月 septembre 賽晡痛盟合 
十月 octobre 歐克透符合 	十一月 novembre no盟符合 	十二月 décembre day送盟合 

時間
Heures

出門旅遊雖然可以放鬆心情，但還是要注意時間喔！例如看展覽要注意入場時間，搭火車也要注意發車時間，飯店check-out也要注意時間，以免延誤一點時間，卻誤了原本的行程計畫，那可就得不償失囉！

請問現在幾點呀？

Quelle heure est-il?

給樂和ㄟ遞了

What time is it?

現在是十點半。

Il est dix heures trente.

衣類第則何痛特

It’s ten thirty.

我今天早上七點起床。

Je me suis levé(e) à sept heures ce matin.

久盟史位樂非阿塞特何斯馬淡

I woke up at 7 o'clock this morning.

一點
une heure
魚那何

兩點
deux heures
度作何

三點
trois heures
脫作何

四點
quatre heures
軋特何

五點
cinq heures
三個何

六點
six heures
悉者何

七點
sept heures
賽特何

八點
huit heures
郁特何

九點
neuf heures
那否何

十點
dix heures
地者何

十一點
onze heures
翁這何

十二點
douze heures
渡這何

幾點下班呀？

Vous quittez le travail à quelle heure? / Tu quittes le travail à quelle heure?

母縮何day居撻伐也阿給樂盒／居何day居撻伐也阿給樂盒

What time will you get off duty?

晚上六點左右下班。

A dix-huit heures environ.

阿西這盒翁米轟

About six p.m.

時 heure 厄何	**分** minute 米尼特	**秒** seconde 西拱特
半小時 demi-heure 度密厄何	**一小時** une heure 於那何	**一個半小時** une heure et demie 於那何誒度秘
五分鐘 cinq minutes 三米尼特	**十分鐘** dix minutes 地米尼特	**十五分鐘** quinze minutes 干仔米尼特

我下個月要去法國旅遊。

Je vais voyager en France le mois prochain.

九非花娅絕翁法蘭司了姆波炫

I will travel to France next month.

你記不記得今天是什麼日子？

Vous souvenez-vous de la date d'aujourd'hui? / Te souviens-tu de la date d'aujourd'hui?

母蘇焚内府督拉大特都酒合居／特蘇米樣居督拉大特都酒合居

Do you remember what day today is?

前天	昨天	今天
avant-hier	hier	aujourd'hui
阿停業何	依業何	歐九合居

明天	後天	上個月
demain	après-demain	le mois dernier
督曼	阿沛督曼	了曼得荷尼葉

這個月	下個月	去年
ce mois 色碼	le mois prochain 了碼撥炫	l'an dernier 隆河妮夜

今年	明年	下星期
cette année 色大內	l'année prochain 拉南波炫呢	la semaine prochaine 拉瑟曼呢撥炫

法國數字小常識

1. 法語的數字中，除了onze(11)、soixante-onze(71)、quatre-vingt-onze(91)沒有陰陽性的變化，其他帶「1」的數詞在遇到陰性名詞前均要配合。如果是陰性，要用une，例如：

   trente et une cartes　　31張卡片

   quatre-vingt-une filles　　81個女孩

   mille et une Nuits　　1001夜

2. 一般來說，quatre-vingts(80)後面要加上s（因為4個20，是複數）。但如果後面還有其他數字，就不用加s，例如，quatre-vingt-trois (83)
3. cent的配合方法原則上和vingt(20)相同，在複數時要加s，但如果後面還有其他數字，就不用加s。例如：

   cinq cents (500)、neuf cent cinquante(950)

   cent un (une)(101)、deux cents(200)

   neuf cent quatre-vingt-dix-neuf(999)

4. mille是不變數詞，在任何情況下都不用加s。
5. 法語中的1100到1900可以說mille cents，mille neuf cents，也可以說onze cents（11個100），dix neuf cents（19個100）

人稱代名詞
Pronom personnel

日常對話中，講到你我他的機率實在太高了，而人稱代名詞不外乎就是第一人稱的我、第二人稱的你、第三人稱的他／她，兩個人以上就變成複數的我們、你們、他們，只要練習說幾遍，就會發現一點也不難！

這些是我從台灣帶來的特產。

Ce sont les spécialités que j'ai apportées de Taiwan.

色松類斯被夏利完絕阿撥何day督台灣

These are the special products that I brought from Taiwan.

多謝你的邀請。

Merci pour votre invitation./
Merci pour ton invitation.

湄河西玻何否頭安米大雄／湄河西玻何童安米大雄

Thank you for your invitation.

她今天好漂亮呀！

Elle est très belle aujourd'hui!

A累太被了九核居

She is very beautiful today!

你們要買柳丁還是蘋果？

Voulez-vous acheter des oranges ou des pommes?

母母類ㄚ薛day周宏舉物day碰盟

Would you like to buy oranges or apples?

我們難得來法國。

Nous venons rarement en France.

努分農哈何蒙翁法蘭司

We seldom come to France.

我想他們收到這份禮物會很高興。

Je pense qu'ils seront très contents de recevoir ce cadeau.

九鵬ㄙ一了斯轟態攻動渡河絲娃何思尬鬥

I think they will be very happy when they receive the present.

	單數	複數
第一人稱	**我** je 就	**我們** nous 努
第二人稱	**你** tu/vous 居／府	**你們** vous 府
第三人稱	**他** il/elle 一了／A了	**他們** ils/elles 一了／A了

一般稱呼
Formule d'appel

稱呼別人要注意禮貌，見到女生要稱呼「小姐」，男生要稱呼「先生」，面對年長者稱呼更是要客氣有禮貌，雖然西方社會沒有東方社會那般保守，但不熟悉的人之間千萬別用Hey或直呼姓名的稱呼方式喔！

你是不是李小姐？

Etes-vous mademoiselle Lee?

A特府馬德馬僧了哩

Are you Miss Lee?

喬先生是不是法國人？

Monsieur Joe est-il Français?

米斯尤就欸剃了風塞

Does Mr. Joe come from France?

懷特太太是家庭主婦。

Madame White est femme au foyer.

碼但壞特A犯莫務華爺

Mrs. White is a housewife.

馬克伯伯到電影院看電影。

Oncle Mark est allé au cinéma pour voir un film.

翁可了馬可ㄟ大類物稀內馬不荷娃何安姓莫

Uncle Mark went to the movie theater to see a movie.

吳伯母到超級市場買東西。

Madame Wu est allée au supermarché pour faire des courses.

碼但物A大類物嗎啡何得庫何思

Mrs. Wu went to shopping in the supermarket.

	男性	女性
未婚	**先生** monsieur 密死憂 	**小姐** mademoiselle 馬的馬遮了 
已婚	**先生** monsieur 密死憂 	**太太** madame 馬但

方向
Direction

出門旅行不比在自己的居住地，哪裡有餐廳、商店，警察局在哪個路口，似乎閉著眼睛也找得到。到了外地，問路、找地點是在所難免的，除了要知道怎麼問，還要能聽得懂人家的指引，所以還是認真搞清楚東南西北怎麼說吧！

請問火車站在哪裡？

Excusez-moi, où se trouve la gare?

S估賽母 物色兔赴拉尬何

Excuse me. Where is the train station?

請在前面路口左轉。

Tournez à gauche à la prochaine intersection.

圖盒内阿大特阿拉波炫呢安泰塞克雄

Turn left at the next intersection.

請問裡面有沒有人？

Excusez-moi. Il y a quelqu'un?

S估賽母 以李雅給了楨

Excuse me. Is anybody in?

下個十字路口處過地下道，左邊就是銀行。

Passez par le passage souterrain à la prochaine intersection, et vous verrez la banque à votre gauche.

怕賽阿拉波炫呢安泰塞浦雄,ㄟ府黑啦甬克阿否投購旭

Walk down through the underground passage at the next crossroad, and the bank is on your left.

警察局在對面。

Le commissariat est en face.

了鞏迷卅一婭ㄟ翁珐絲

The police station is across the street.

請問前面有沒有餐廳？

Excusez-moi, y a-t-il des restaurants plus loin?

S估賽母 伊利亞得黑絲多哄補率爛

Excuse me, are there any restaurants up ahead?

郵局在下一個路口。

Le bureau de poste est à la prochaine intersection.

了逼侯度潑死特A大辣波炫呢安泰塞克雄

The post office is at the next intersection.

這裡 ici 依稀	**那裡** là-bas 拉霸	**哪裡** où 物
這邊 ce côté 色蔻day	**那邊** l'autre côté 樓投購day	**東邊** l'est 雷斯特
西邊 l'ouest 略絲特	**南邊** le sud 了續的	**北邊** le nord 了娜合

前面	後面	左邊
devant	derrière	gauche
的風	得何你業合	購許

右邊	對面	裡面	中間
droite	en face	dedans	milieu
大特	翁珐絲	的東	米里又

夢幻法國, 我來了！

La France de mes rêves, J'arrive!

Chapitre 3

觀光旅行必備語

les termes essentiels de tourisme

　　想到要出國旅行，心情都快飛起來了，高興之餘，行前功課做了沒呀？有沒有去查詢相關的旅遊資訊？有沒有準備幾句隨時要派上用場的詢問語呀？有沒有預先瀏覽當地的地圖呀？有沒有學會打電話報平安的方式呀？現在趕快準備，還來得及啦！

旅客諮詢服務處

Offices du tourisme

各國的國際機場通常都設有旅客服務中心，提供觀光客有關交通、住宿及旅遊的資訊，抵達當地機場時，不妨善加利用喔！

請問哪裡有旅客服務中心？

Excusez-moi, où se trouve le bureau du tourisme?

S估賽母 物色屠夫了逼侯居圖日斯莫

Excuse me, where is the tourist information center?

這裡是不是旅客服務中心？

C'est bien ici le bureau du tourisme?

塞比樣依稀了逼侯居圖日思莫

Is this the tourist information center?

可不可以給我一張這個區域的城市地圖？

Pouvez-vous me donner une carte de cette région?

普菲母莫奪卡特督拉黑炯

Would you please give me a city map of this area?

有沒有公車路線圖？

Avez-vous un plan des lignes de bus?

 A飛甫於呢補龍day林你葉篤比思

 Do you have a route map for bus?

這份簡介可以給我嗎？

Est-ce que je peux prendre cette brochure?

 艾絲股九部彭德荷賽特不後須合

 May I take this brief introduction?

我想去賞花，哪裡比較好？

Je voudrais aller regarder des fleurs, où est le meilleur endroit pour cela?

 九輔得阿類核尬何day福樂盒 物誒了妹又合理又朴何色啦

 Where is the best place for viewing flowers?

我不太會聽法語。

Je ne comprends pas bien le Français.

九呢公碰霸比樣了風塞

I am not good at understanding spoken France.

可否請你說慢一點？

Pouvez-vous parler un peu plus lentement, s'il vous plaît?

普菲母帕何類安布隆特蒙 西姆普類

Would you please speak more slowly?

我不太瞭解其中的意思。

Je ne comprend pas très bien ce qu'il (elle) veut dire.

九呢公碰霸太比樣色以了嘸低合

I couldn't quite follow the meaning of it.

請你再說一遍。

Pouvez-vous répéter, s'il vous plait?

普菲母甫黑被day 西姆普類

Pardon?

看地圖、打電話
Lire la carte, téléphoner

準確實用的地圖是出門旅遊時的必備工具。法國好玩的地方不少，看懂手上的交通路線圖和分區地圖，可以幫助您盡情穿梭於各主要參觀地區，輕鬆暢快的玩個過癮。會打電話也是旅行時重要的生存技能之一，找朋友、報平安、問事情，打通電話往往就能得到滿意的結果喔！

可不可以在地圖上指給我看呢？

Pouvez-vous me le montrer sur la carte?

普菲母莫了蒙泰須合拉卡的

Could you show me on the map?

請幫我看看這張地圖。

Pouvez-vous m'aider à lire cette carte, s'il vous plaît?

普菲母沒Aday碼阿河尬何day賽特否頭 西姆普類

Please help me find something on the map.

有沒有什麼明顯的標誌？

Y a-t-il des panneaux indicateurs évidents?

伊亞替了day潘娜安蒂卡特呵A咪東

Are there any obvious signposts?

請問從法國打到台灣的區域號碼是幾號？

Excusez moi, quel est l'indicatif international que je dois composer si je veux appeler Taiwan depuis la France?

AS駒塞馬給雷了拗梅後嘟黑迴估九打孔未賊西酒母阿布類台灣低批拉司拉法蘭司

Excuse me, what is the regional phone number from France to Taiwan?

你是不是要直撥的？

Voulez-vous effectuer un appel direct?

府類府非ㄟ非舉ㄟ安納被了低駭客特

Would you like to dial direct?

觀光局的電話幾號？

Quel est le numéro de téléphone du bureau du tourisme?

給累了紐沒侯督台類風呢居逼侯居圖瑞斯門

What is the phone number of the sight seeing buearu?

我有點聽不太清楚，請大聲一點。

Je n’entends pas bien, parlez plus fort, s’il vous plaît.

酒濃東霸比樣 霸何類普率否何 西姆普類

I can’t hear clearly. Could you speak louder?

我想買一張巴黎的地圖。

Je voudrais acheter un plan de Paris.

九輔得黑阿噱day安普隆督巴黎

I want to buy a map of Paris.

請問如何撥打國際電話？

Excusez-moi, comment effectuer un appel international?

S估賽母 孔孟非核A飛噘爺被了安泰納雄那了

Excuse me, how can I dial the international phone call?

有沒有巴黎的地鐵路線圖？

Y a-t-il un plan du métro de Paris?

伊亞剃了安朴龍呵度眉頭度巴黎

Is there the route map of Paris Metro?

這裡是地圖上的哪裡？

Où sommes-nous sur la carte?

霧淞努虛盒拉卡的河

Where are we on the map?

請求幫忙
Demander de l'aide

中國人總是說「在家靠父母，出外靠朋友」，人與人之間非常珍貴的情誼之一，就是能互相幫忙、彼此協助。旅途中遇到任何問題需要別人幫忙時，你只管勇敢開口，一定會有熱心人士願意出手幫助的，相對的，如果你有能力幫助別人時，也千萬別吝嗇喔！

我能幫您什麼忙嗎？

Je peux vous aider?

久不母賊day

May I help you?

請問可不可以幫我.照張相？

Pouvez-vous faire une photo pour moi, s'il vous plait?

普菲母飛何預呢否投晡荷姆 西姆普類

Would you please take a picture for me?

請你幫我報警。

Pouvez-vous appeler la police pour moi, s'il vous plaît?

普菲母阿布類拉玻麗絲朴乎母 西姆普類

Please help me call the police.

請幫我接接線生。

Passez-moi le/la standardiste, s’il vous plaît.

 霸賽母了拉思東達日斯特 西姆普類

 Please connect me to the operator.

我有事想請你幫一下忙。

Pouvez-vous me donner un coup de main, s'il vous plaît?

 普菲母莫竇內安故度慢 西姆普類

 Would you please give me a hand?

你可不可以教我講法語？

Pouvez-vous m’apprendre à parler le Français?

 普菲母罵碰的呵阿爬何類風塞

 Can you teach me to speak French?

你可不可以幫我打電話叫輛計程車？

Pouvez-vous appelez un taxi pour moi, s'il vous plait?

 普菲母阿普雷安踏克西葡乎母 西姆普類

 Can you call a taxi for me?

夢幻法國, 我來了！

La France de mes rêves, J'arrive!

Chapitre 4

意外狀況會應付

faire face aux situations diverses

旅行如同阿甘正傳電影裡的台詞：「人生就像一盒巧克力，你永遠不知道下一個是什麼口味。」儘管已事先做好旅行計畫，也認真研究了交通及食宿等資料，甚至也規劃了景點參觀路線圖，但旅途中還是有大大小小的突發狀況可能會發生，遇到狀況時，驚慌失措是最不明智的，也可能會引來不必要的麻煩。我們當然希望每個人出門旅行一路平安，但為了做好萬全的準備，還是現學一些可以隨機應變的語句，有備無患呀！

問路

Demander son chemin

出門旅遊途中偶有大小問題算是很正常的，最常見的問題之一應該就是需要問路了，帶著甜美的微笑、客氣有禮的語氣，找個看起來親切又善良的人，通常都能得到熱心的幫助，不過還是要保持一點警覺性，不要隨便跟陌生人到陌生的地方，才能確保自身的安全。

請問廁所在哪裡？

Où sont les toilettes, s'il vous plait?

霧淞雷他蕾特 西姆普類

Excuse me, where is the restroom?

從這裡直走可以看到電梯。

Marchez tout droit et vous verrez l'ascenseur.

麻薛禿沓ㄟ母非黑啦松色合

Go straight and you'll see the elevator.

然後在電梯口左轉。

Puis vous tournez à gauche devant l'ascenseur.

皮母圖盒內阿購許督逢啦松色合

Then turn left in front of the elevator.

請問入口在哪裡？

Où est l'entrée, s'il vous plait?

物A龍太 西姆普類

Excuse me, where is the entrance?

在前面轉角處。

Au coin devant.

物款兜風

At the front corner.

可以帶我去嗎？

Pouvez-vous m'emmener là-bas, s'il vous plait?

普菲母盟莫内拉霸 西姆普類

Could you take me there?

不好意思，我們迷路了，請問這裡是哪裡？

Excusez-moi, nous sommes perdu(e)s. Où sommes-nous?

S估賽母 努松陪合居 霧淞謍

Excuse me, we are lost. Could you tell us where we are?

你們要去哪裡呀？

Où allez-vous?

物阿類母

Where are you going?

請問附近有沒有郵局？

Excusez-moi, y a-t-il un bureau de poste près d'ici?

S估賽母 亞安剃了安逼侯督撥絲特派低西

Is there a post office nearby?

沿著這條路走到底，前面路口左轉就是了。

Marchez jusqu'au bout de cette route, et tournez à gauche à la prochaine intersection.

黑薛駒斯夠不督賽特戶特 A圖盒內阿狗許阿拉波炫呢安泰塞卜雄

Go straight along the road and turn left at the next intersection.

大約走五分鐘就到了。

Vous y serez dans à peu près cinq minutes.

府及色黑東阿部派三克米女特

You will get there in about five minutes.

請問羅浮宮博物館要怎麼去？

Comment aller au Musée du Louvre?

孔盂阿類物密賊居盧福呵

How do I get to the Louvre Museum?

你可以搭地鐵到羅浮宮。

Vous pouvez prendre le métro pour aller au Musée du Louvre.

姆普沒甭德河了沒脫朴何阿類物密賊居盧福呵

You can take the metro to the Louvre Museum.

請問附近哪兒有銀行？

Excusez-moi, y a-t-il une banque près d'ici?

S估賽母 咿啞剃了了與呢彭克派蒂西

Excuse me. Where is the closest bank around here?

沿著這條路一直走，右邊有銀行。

Vous continuez sur cette route, et vous trouverez la banque à votre droite.

幕恐提女葉溪河賽特戶訥 A母涂福黑啦彭克A否頭大特

Go straight ahead and you'll find it on your right.

這裡是不是觀光局？

C'est ici le bureau du tourisme?

賽依稀逼侯居圖瑞思麼

Is this the sight seeing bureau?

不好意思，你可以告訴我怎麼去杜維麗花園嗎？

Excusez-moi, pouvez-vous me dire comment aller aux Jardins des Tuileries?

S估賽母 朴飛母迪核工夢ㄇ類物假單day居樂熙

Excuse me, would you please tell me the way to the Tuileries Garden?

可不可以請你畫一張地圖呢？

Pouvez-vous me dessiner un plan?

普菲母否day西內於呢安普隆

Could you draw a map for me?

沿著香榭麗舍大道往前走，就可以看到了。

Continuez sur les Champs-Elysées, et vous le(la) verrez.

恐替女爺須合類像謝麗榭 A姆普菲類（拉）襪何

Along Champs-Elysées, you can see it.

身體不舒服
Ne se sentir pas bien

雖然旅行時遇到身體不舒服是一件挺討厭的事，但人體畢竟不是機器，總難免有些偶發的病痛，這時候該怎麼辦呢？當然得去看醫生囉！

現在的旅遊平安險大多有附加醫療險，目的就是為了讓每個旅客出國時也能得到最好的醫療照顧。雖然有完善的醫療服務，我們還是希望每個人都能快樂出門、平安回家，最好不要遇到這些意外狀況。

你身體不舒服嗎？

Vous ne vous sentez pas bien?

府呢撫松得霸比樣

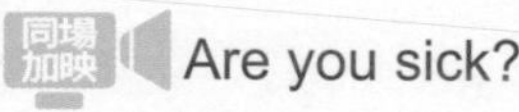

Are you sick?

我覺得不太舒服。

Je ne me sens pas bien.

九呢莫松霸比樣

I don't feel well.

我的頭突然痛得很厲害。

J'ai soudain eu un fort mal de tête

決獄速但於骯風罵都貼特

I suddenly had a serious headache.

我一直拉肚子。

J’ai continuellement mal au ventre.

絕育恐替女爺了馬魯蒙特何

I have an ongoing stomachache.

我有點感冒。

Je suis un peu enrhumé(e).

九十安部翁用煤

I have a little cold.

這幾天一直流鼻水。

Ces derniers jours, mon nez n'arrête pas de couler.

賽ay荷尼葉合九何蒙內哭了

My nose has been runny lately.

醫院怎麼去呢？

Comment aller à l’hôpital?

孔孟阿類鋼摟迷趴塔了

How can I get to the hospital?

法國的醫院、醫療中心及診所均駐有普通科醫生、專科醫生及牙醫。醫生及值班藥劑師隨時候診，一些普通科醫生及值班醫生可以根據病患的需要出診至病患下榻的酒店。可打電話給警署或熱線17或18取得醫生的聯絡方式。

醫療費用：部分醫生受國家監管，看診金受社會安全條例管制，而其他醫生的收費則較高（此情況在巴黎非常普遍），請在預約前瞭解清楚收費標準。請注意，出診、夜診及星期日及假期看醫生通常收費較高。

溝通：法國醫生不一定通曉外語，然而，很多語言的醫學名詞很相近，說英語也可溝通。

藥品：有些藥品只能憑醫生處方在藥房購買。也有藥品可自行購買，不需要經醫生診斷或醫生處方，但購買後不可以退回。

你好像有點發燒喔！

Il me semble que vous ayez un peu de fièvre.

伊拉謀松布了股甫砸飛安不度飛也服何

You probably have a small fever.

最好去看看醫生。

Il vaut mieux aller voir le médecin.

衣辣否米又阿類琺何安沒地生

You had better see a doctor.

麻煩你，我要掛號。

Excusez-moi, je voudrais m'enregistrer.

S估賽母 九輔得黑盟合居斯泰

Excuse me, I want to register.

你是不是第一次來看病呢？

Est-ce la première fois que vous venez dans cet hôpital?

AS塞拉摸米爺法鼓府焚内東賽訥都皮塔了

Is this your first time at this hospital?

你會不會藥物過敏？

Etes-vous allergique à certains médicaments?

A 特府賊特阿類局庫物給了古妹地卡蒙

Are you allergic to any medicines?

我先幫你量體溫。

D'abord, je voudrais prendre votre température.

打薄 九輔得黑碰得合否頭痛陪哈聚合

Let me take your body temperature first.

是流行性感冒，我先開些特效藥給你。

C'est la grippe. Je vais vous donner quelques médicaments.

塞拉葛希普 九飛甫度内給了股梅狄卡夢

It is influenza. I will prescribe you some medication first.

你要不要打針？

Voulez-vous une piqûre?

撫撫類魚呢闢苦何

Do you want to have an injection?

感冒 la grippe 拉可西普	**流鼻水** le nez qui coule 了內幾苦了	**頭痛** mal à la tête 馬拉拉泰特
咳嗽 la toux 拉兔	**皮膚過敏** allergique 阿類舉可	**嘔吐** la nausée 拉噚賊
胃痛 mal au coeur 媽路豐特河	**昏倒** feindre 汎德河	**心臟病** maladie du coeur 馬拉低舉何
腸胃科 gastroentérologie 軋死拖翁態後了舉	**皮膚科** dermatologie 跌河馬拖了舉	**骨科** orthopédique 歐縮培第克
內科 médecine interne 枚地吸安天合呢	**急診室** urgences 於何瓊斯	**止痛藥** calmant 看了蒙

遇到麻煩
Rencontrer une Difficulté

在擁擠的地方，會有扒手或小偷橫行，他們往往會設法分散你的注意力，偷走你的錢包或手提包，因此錢包要盡量放在視線範圍內或貼身放好。如果真的很倒楣，竟然遇到小偷或搶匪，這時千萬別慌張失措喔！一定要先注意自身的安全，錢財雖然很重要，但畢竟是身外物，別在毫無防備的情況下，跟歹徒正面拉扯或起衝突，以免造成更嚴重的傷害。永遠要記得把自己的安全放在優先考量。

搶劫呀！

C'est un vol!

塞單否了

It's a robbery!

救命呀！

Au secours!

物賽庫何

Help!

有小偷啊！捉小偷啊！

Au voleur! Arrêtez-le!

物否樂和 阿害day了

Thief! Catch him / her!

我的信用卡不見了

J’ai perdu ma carte de crédit.

絕陪合居媽卡德合督虧第

I’ve lost my credit card.

我的錢包被偷了。

On m’a volé mon portefeuille.

翁罵否類蒙波特否也

My wallet was stolen.

那個人搶了我的皮包。

Cette personne a volé mon sac.

賽特培松阿否類盟薩克

That person robbed my purse.

我的車子在馬路上爆胎了。

Un pneu de ma voiture a éclaté sur la route.

安波奴督罵花聚合 A 克拉day須合拉胡特

My tired exploded in the middle of the road.

車子引擎發不動。

Je ne peux pas démarrer ma voiture.

九呢不霸day碼害媽花偓何

I can't start the engine.

你的車子現在在哪裡呢？

Où est votre voiture?

物欸佛頭花聚合

Where is your car?

二十分鐘內會派人過去。

Nous allons envoyer quelqu'un là-bas dans les vingt minutes.

努砸隆翁花葉給了幹拉霸東萬米你特

We'll send somebody over within twenty minutes.

警察局報案

A la Police

一般來說，法國算是世界安全旅遊的地區之一，街上甚少發生搶案，無論在白天或晚上都可安心在遊客區及街道上閒逛。不過，在人生地不熟的環境裡，還是要隨時提高警覺，才能確保自己的安全。

我的護照不見了。

J'ai perdu mon passeport.

絕陪合居蒙帕絲播何

I've lost my passport.

我掉了錢包。

J'ai perdu mon porte-monnaie.

絕陪合居蒙波特某內

I've lost my wallet.

什麼時候不見的？

Quand est-ce que vous l'avez perdu(e)?

公S股甫拉菲排合居

When did you lose it?

你的錢包在哪裡不見的？

Où est-ce que vous avez perdu votre porte-monnaie?

物S絲股甫砸非合居否投波特某內

Where did you lose your wallet?

麻煩幫我報警。

Pouvez-vous appeler la police pour moi, s'il vous plaît?

普菲母阿普類拉玻麗絲朴荷姆 西姆普類

Please help me call the police.

最近的警察局在哪裡？

Où est le commissariat le plus proche?

物A了恐密薩西婭督玻麗絲勒普率撥許

Where is the nearest police station?

你的錢包裡面有些什麼？

Qu'est-ce qu'il y a dans votre porte-monnaie?

給思給莉亞冬否波特某內

What are in your wallet?

我的錢包裡有信用卡、現金，還有護照。

Il y a ma carte de crédit, de l'argent, et mon passeport.

伊里婭媽卡德合督虧底 猛拿炯 A盟帕絲播何

There are credit card, cash and passport in my wallet.

麻煩你先填寫這份遺失單。

Remplissez d'abord ce formulaire, s'il vous plaît.

紅布莉塞瑟佛米類荷 西姆普類

Please fill in this form first.

麻煩你們一定要找到。

Vous devez le (la) trouver, s'il vous plaît.

府的飛了（拉）圖飛 西姆普類

Be sure to find it, please..

我們一定會盡力的。

Nous ferons de notre mieux.

母肥宏杜娜特米憂

We will do our best.

Chapitre 1 Chapitre 2 Chapitre 3 Chapitre 4 Chapitre 5 Chapitre 6 Chapitre 7 Chapitre 8 Chapitre 9 Chapitre 10

夢幻法國初體驗

Premières expériences

Chapitre 5

陸海空交通工具

les transports

出國旅遊挺有樂趣的事情之一就是可以搭乘當地各式各樣的交通工具，包括載客量龐大的地鐵、巴士、計程車和火車等，法國首都巴黎四通八達的大眾運輸系統連接了市區及近郊各著名的觀光景點，每個遊客都可以利用方便的交通網絡，輕易到達想去的地點。

在機場
A l'aéroport

法國許多城市都有國際機場，如：波爾多(Bordeaux)、里昂(Lyon)、馬賽(Marseille)、尼斯(Nice)、斯特拉斯堡(Strasbourg)、圖盧茲(Toulouse)……這些城市與巴黎之間的交通非常便利。主要的航空公司有法航(Air France)、英國航空公司(British Airways)、荷蘭航空公司(KLM)、漢莎航空公司(Lufthansa)及其他票價低廉的航空公司(EasyJet, Ryanair, Volare)等。

你的護照請給我看一下。

Montrez-moi votre passeport, s'il vous plaît.

蒙泰母否投帕絲播何 西姆普類

Show me your passport, please.

請給我靠窗的座位。

Donnez-moi un siège côté hublot, s'il vous plaît.

 斗内母安熙業居阿口day愈不樓 西姆普類

 I'd like a window seat, please.

請問有幾件行李？

Combien de valises avez-vous?

 拱比榛度發里茲阿飛府

 How many pieces of luggage do you have?

哪些是你的行李？

Quelles sont vos valises?

 給了松否發里茲

 Which are your luggages?

有沒有帶違禁品？

Avez-vous apporté des objets interdits?

 阿飛甫阿玻dayday秀斯安泰低

 Are you carrying any contraband goods?

有沒有東西要申報？

Avez-vous quelque chose à declarer?

阿飛甫給琇ㄙㄚday克拉黑

Do you have anything to declare?

你第幾次來法國？

Combien de fois êtes-vous venu(e)(s) en France?

拱必樣督法府賊特芬扭翁法蘭司

How many times have you been to France?

第二次來法國。

C'est la deuxième fois que je viens en France.

賽拉度幾驗花鼓九十位分翁法蘭司

This is my second time to France.

請問你會在法國停留多久？

Vous comptez rester en France pour combien de temps?

府拱得黑絲day翁法蘭司不胡拱鼻樣度動

How long will you stay in France?

我要停留一個星期。

Je voudrais rester une semaine.

九輔得黑黑絲day不合於呢斯曼呢

I'll be staying for a week.

麻煩打開行李給我檢查。

Ouvrez votre valise pour que je puisse la vérifier, s'il vous plait.

誤服黑否頭發利茲不核估九鼻斯拉黑衣業 西姆普類

Please open your luggage for me to check.

你是從哪裡來的？

D'où venez-vous?

度分內母

Where are you from?

我是從台灣來的。

Je viens de Taiwan.

九米樣杜台灣

I come from Taiwan.

這個皮箱裡面有什麼？

Qu'y a-t-il dans cette boîte?

給亞體了冬賽訥把訥

What is in your leather case?

這個箱子裡面有我的衣服和書。

Il y a mes vêtements et quelques livres.

伊利亞美菲特蒙A給了鼓勵符合

I have some clothes and books in my suitcase.

你有沒有回程機票？

Avez-vous un billet retour?

阿飛母安比業喝圖

Do you have your return trip ticket?

入境手續在哪裡辦理？

Où est-ce que je peux m'enregistrer?

物S股就不盟合居斯泰

Where do I go to register?

搭飛機
En avion

雖然飛機票不便宜，不過飛機上的服務也算不錯，有親切有禮的空服員，還有免稅的商品可以買。還有一點要提醒喔！現在很多國際航線的班機都是全面禁煙的，千萬要遵守規定，做個有教養的好客人。

請繫好安全帶。

Attachez votre ceinture, s'il vous plaît.

阿踏卅佛頭山聚合 西姆普類

Please fasten your safty belt.

麻煩你，我想要一份入境登記表。

Excusez-moi, j'ai besoin de la carte de débarquement.

S估賽母 就比斯萬督拉卡特督低霸卡莫

Excuse me, I need the Disembarkation Card.

我不會填寫，可不可以教我？

Je ne sais pas comment la remplir, pouvez-vous m'aider?

九呢賽霸孔盃拉轟補力何 普菲姆梅得

I don't know how to fill it in, could you tell me?

請給我枕頭和毯子好嗎？

Pouvez-vous me donner un oreiller et une couverture, s'il vous plait?

普菲母莫竇內垵扣害爺A於呢苦飛聚合 西姆普類

Could you give me a pillow and blanket?

我可以把這件行李放在這裡嗎？

Je peux poser ma valise ici?

就不玻在嫣發里子依稀

May I put this luggage here?

先生，請問你要喝杯咖啡嗎？

Monsieur, voulez-vous un café?

咪斯憂 府類府安咖啡

Sir, would you like some coffee?

要不要加奶精和糖呢？

Voulez-vous du lait et du sucre?

府類負居勒A居續克河

Milk and sugar?

飛機上是不是全部禁煙？

Est-il interdit de fumer dans l'avion?

A 剃了衣類恐不累訥蒙安泰低度續妹東拉迷庸

Is this a non-smoking flight?

我想要一份報紙。

Je voudrais un journal.

九輔得黑安九何納了

May I have a newspaper?

你需不需要耳機？

Voulez-vous des écouteurs?

府類府day賊各特河

Do you need the earphones?

你想要喝點什麼嗎？

Voulez-vous boire quelque chose?

府類甫把核給了古秀思

Can I get you something to drink?

請給我一杯葡萄酒。

Je voudrais un verre de vin, s'il vous plaît.

九輔得黑安肥合度慢 西姆普類

Please give me a glass of wine.

請問你要吃牛肉還是魚肉的餐點？

Voulez-vous du boeuf ou du poisson?

撫類居播服務居趴松

Would you like the beef or the fish meal?

你是否會講中文？

Parlez-vous le Chinois?

府拔河累了噓納

Can you speak Chinese?

祝你旅途愉快。

Je vous souhaite un bon voyage.

九福司味訥安迸發雅居

Have a nice trip.

往來機場和飯店
Pour aller à l'aéroport et l'hôtel

巴黎有兩座國際機場，分別是華西－戴高樂機場(Roissy Charles de Gaulle)，位於巴黎北部二十五公里處，一般簡稱為「戴高樂機場」。

北部戴高樂機場分一號機場和二號機場，一號機場供外國航空公司的長程和中程飛機使用，每天起落飛機約三百架次，每年可接待一千萬旅客，裝卸四十萬噸貨物。

二號機場供法國航空公司國際航線的飛機使用，每年客運量可達四千五百萬人次，貨運量一百四十萬噸。

另一個是南部的奧利機場(Orly)，位於巴黎南部十四公里處，主要供法國國內航線和北非航線，每年過往旅客二千五百萬人次。

這兩座機場均有機場巴士通往巴黎市中心，並有地區捷運網RER相連，當然還有計程車可以搭曬！

請問直達市區的機場巴士車站在哪裡呢？

Où se trouve l'arrêt de bus pour aller directement en ville?

物色兔福拉害day播絲朴何阿類底害特彭翁拉米了

Where is the bus stop of the airbus that will take me directly to the town?

請問要怎樣去機場呢？

Comment aller à l'aéroport?

孔盃阿類阿樓波呵

How can I get to the airport?

到馬路對面搭機場巴士就可以到機場了。

Vous pouvez prendre le bus en face de la route pour y aller.

府哺肥澎何縲荷比斯珐斯督拉胡特朴胡一丫類

Go across the road, and take the airbus.

到機場的車資要多少錢？

Ça coûte combien pour aller à l'aéroport?

撒苦得供鼻樣不何阿類阿樓波呵

How much is the fare to the airport?

可以搭地鐵到達機場嗎？

Je peux prendre le métro pour aller à l'aéroport?

九補甭得合勒沒脫朴何阿類阿樓波呵

Can I take metro to the airport?

你可以直接搭計程車到機場。

Vous pouvez prendre le taxi pour aller à l'aéroport.

福朴飛鵬得合了踏克西葡胡阿類阿拉ㄟ樓波呵

You can take taxi to the airport.

搭計程車到機場要多久呢？

Ça prendra combien de temps si je prends le taxi pour aller à l'aéroport?

薩甭德哈拱皮樣督東西九碰了踏克西葡何阿類阿拉A樓波呵

How long does it take to get to the airport by taxi?

搭地鐵
En métro

即使初到巴黎，搭乘地鐵也是很容易的，憑著隨處可得的地鐵圖，不用別人陪同，就可以遊遍巴黎所有的名勝。在地面上可能分辨不清方向，一進入地鐵站，就絕對不會迷路，所有的地鐵線路都有明顯的顏色區分，只要找到目前所在位置跟預計到達的地方，就可以清楚瞭解該從哪一線地鐵轉搭哪一線，不同路線之間的轉搭只要跟著顏色的標示走就沒錯了！

搭過巴黎的地鐵了嗎？

Avez-vous déjà pris le métro de Paris?

阿飛甫day炸賠了沒陀督趴里

Have you ever taken the Paris Metro?

這附近有沒有地鐵站？

Il y a une station de métro près d'ici?

一里亞於呢斯大雄督沒陀佩蒂西

Is there a metro station nearby?

請問售票處在哪裡？

Où est le guichet?

物A了給薛

Where is the ticket office?

你可以搭地鐵或公車去香榭麗舍大道。

Vous pouvez prendre le métro ou le bus pour aller aux Champs-Elysées.

府不飛甭得合了枚同物了比絲朴何阿類物香榭里榭

You can take the metro or bus to Champs Elysees.

搭地鐵到香榭麗舍圓形廣場要多少錢？

Ça coûte combien si je prends le métro pour aller au rond-point des Champs-Elysées?

煞股拱鼻樣酒碰了沒陀花類務宏辦物香榭里榭

How much does it cost to the get to the Round-Point of Champs Elysees by metro?

到凱旋門要搭哪一線的地鐵？

Quelle ligne dois-je prendre pour aller à l'Arc de Triomphe?

給了凌打九彭德合朴何阿類阿拉克度太永福

Which Metro Line should I take to Triumphal Arch?

三號線的月台在哪裡？

Où se trouve le quai de la ligne trois?

物色奴夫勒給賭啦零你爺他

Where is the platform for Metro Line No.3?

一張去凡爾賽宮的車票。

Un billet pour Versailles, s'il vous plaît.

安必也朴何凡爾賽 西姆普類

I need a ticket to Palace of Versailles, please.

搭地鐵要不要轉車呢？

Est-ce que je dois changer de ligne si je prends le métro?

S股九大兄絕督零尼葉西九碰了沒脫

Will I have to change trains by taking Metro?

巴黎地鐵系統

初到巴黎的人看到地鐵的標誌有些是M，有些是Metro，有些又是RER，總感到有些疑惑。其實，巴黎的地鐵分成兩個系統：運行的範圍在二環之內的，叫作Metro，地鐵站入口有的用一個M作標誌，有的用Metro作標誌，這個系統一共有十四條線，用數字表示，也就是M1到M14；運行的範圍超出二環的，叫作RER，一共有五條線，用字母表示，就是RER A, RER B, RER C, RER D和RER E。

地鐵票是兩個系統通用的，只是根據遠近不同，票價不同。

地鐵購票須知

巴黎的地鐵票分幾種：單張票、巴黎觀光票(Paris Visite)、週票或月票(Carte Orange)，一天到五天的日票(Mobilis)。其中，最經濟實惠的是週票或月票。

單程票：在市區的一環和二環使用的單張票價格是1.3歐元，買十張（法語叫Carnet）是9.6歐元，每張使用一次，在地鐵裡頭轉多少次車都沒關係，出來即不能再用。Metro、RER、巴士、電車都通用。

出了二環，單張票的價格是以遠近來定價的。例如從三環到市區的票價是2.45歐元，十張的價格是19.6歐元。從戴高樂機場（五環）到市區是10歐元。

一日票：票價也是按範圍大小來定的，一～三環是6.7歐元，不同環數的價格可參見各地鐵站內免費提供的資料。

巴黎觀光票：與Mobilis基本上是一樣的，您可以買一天票、兩天票至五天票，價格比Mobilis稍微貴一點點。它的好處是那一天開始都可以，進到某些博物館參觀時，門票還會有點優惠喔！

週票：如果在巴黎停留三天以上，而且到達巴黎的時間是一週的開頭，買週票最為划算。例如，一～三環的週票是18.35歐元，而同樣範圍的三天Mobilis卻要18.25歐元。

使用週票的方法與其他票有點不同。買票的時候，會給您一張卡，也就是Carte Orange，拿到卡後要把照片貼上去，填上大名，然後把卡上的號碼填到車票上。沒人查票的時候，那張卡是沒用的，遇到查票，就要把卡和票一同出示，證明您不是使用別人的票。

週票的有效時間是從週一到週日，週三之前可以買本週的票，週四以後就只能買下週的票了。與其他的票一樣，週票也可以用來乘Metro、RER、巴士、電車。

簡單方便的購票法語

巴黎是國際化大都市，幾乎每天都有幾十萬、甚至上百萬的觀光客，法國人總是認為法語是世界上最優美的語言而感到自豪，如果能用簡單的法語向售票人員購票，肯定能得到親切的笑容喔！

X表示購票張數，A、B表示幾環到幾環的路線區域，Z代表車票的有效天數，買票的時候抄下來交給售票員就可以了。

X billets	（X張單程票）
X billets a某地	（X張到某地的票）
un carnet	（10張單程票）
un carnets a某地	（10張到某地的票）
X carte orange, une semaine, zone A-B	（X張A-B環的週票）
X mobilis, 1 jour, zone A-B	（X張A-B環的一日票）
X Paris vistes, zone A-B, Z jours	（X張A-B環Z天的巴黎觀光車票）

搭巴士

En bus

法國國土幅原廣大，各城市之間固然有空中巴士可以直達，但搭乘長途巴士在各城市間穿梭，也不失為一個好方法喔！不但方便，也更為經濟。

你搭巴士去會比較快。

Ce sera plus rapide si vous prenez le bus pour y aller.

色色黑普旅哈比特希姆蹦內了碧斯不何牙類

It will be faster to go there by bus.

搭巴士要多久呢？

Ça prend combien de temps si je prends le bus?

煞碰拱鼻樣督東西九碰了彼思

How long will it takes to go there by bus?

最快的班車幾點會到？

Quand est-ce que le prochain bus arrive-t-il?

公A S股了探了譜率哈比特阿西服剃了

What time does the next bus arrive?

就決定坐這班車吧！

Alors prenons ce bus.

阿羅何彭松碧絲

Let's just take this bus.

要買多少錢的車票？

Le billet coûte combine?

了畢業古德拱鼻樣

How much should I pay for the ticket?

如果從香榭麗舍大道出發，要1.5歐元。

Ça coûte un euro et cinquante centimes si vous partez des Champs-Elysées.

傻固的安歐猴A三公松庭呢西姆爬day day香榭麗舍

It costs one point five Euros from Champs Elysees.

這班巴士去哪裡？

Où va ce bus?

物罰瑟比四

Where does this bus go?

這班巴士有沒有到凡爾賽宮？

Est-ce que ce bus va au Château de Versailles?

AS古色比斯罰物了蝦透度凡爾賽

Does this bus go to Palace of Versailles?

這班巴士有沒有去奧賽美術館？

Est-ce que ce bus va au Musée d'Orsay?

AS古色比斯罰物密技安都合塞

Does this bus go to Orsay Museum?

巴士上不准抽煙。

Il est interdit de fumer dans le bus.

衣類安泰低督西枚東了彼思

This is a non-smoking bus.

搭計程車
En taxi

想到法國計程車，你的腦海裡是不是馬上浮現盧貝松導演的「終極殺陣Taxi」，瘋狂的司機，高超的飆車技術……其實法國計程車沒有這麼誇張啦！巴黎的計程車(Taxi Parisian)大多為白、銀或黑色，司機穿著整齊、態度有禮，以賓士或BMW作為計程車很普遍，可以好好享受搭乘百萬名車的舒適性喔！

我們招輛計程車吧！

Appelons un taxi.

阿布隆安踏克西

Let's hail a taxi.

請上車。

Montez, s'il vous plaît.

蒙泰 西姆普類

Get on, please.

您好，請問要去哪裡？

Bonjour. Où allez-vous?

朋九何 物阿類府

Hello. Where are you headed to?

麻煩到巴黎希爾頓飯店。

A l’Hôtel Hilton Paris, s’il vous plaît.

阿羅態了希頓趴里 西姆普類

Hilton Paris Hotel, please.

請問奧賽博物館離這裡有多遠？

C’est loin, le Musée d’Orsay?

賽爛 了米賊都合賽

How far is it from here to Orsay Museum?

不是很遠，大概十五分鐘車程。

Ce n’est pas loin. Environ quinze minutes en taxi.

色那霸亂 翁米宏杠仔密女特翁踏克西

Not too far. About fifteen minutes by taxi.

我想在這裡下車。

Je voudrais descendre ici.

九輔得黑day送得合一析

I want to get off here.

我想把行李放在後車廂。

Je voudrais mettre ma valise dans votre coffre.

九輔得黑波賊馬發里茲東否頭口符合

I want to put my luggage in the trunk.

大約需要多少時間？

Ça prendra environ combien de temps?

薩彭德哈拱鼻樣督動

How long will it takes?

不塞車的話，要半個鐘頭。

S'il n'y a pas d'embouteillage, ça prendra une demie-heure.

西尼婭霸東部day雅菊 煞大蹦得合於呢度密額核

If there is no traffic, it should take half an hour.

車費多少錢？

Combien ça coûte?

拱鼻樣薩顧德

How much is the fee?

十八歐元。

Dix-huit Euros.

低食慾特歐侯

Eighteen Euros.

這兒有二十歐元。

Voilà vingt Euros.

娃辣 絕萬都侯

Here is twenty Euros.

好。找給你二歐元。再見！

Merci. Je vous rends deux Euros. Au revoir!

湄河西 九福紅渡舟侯 歐荷娃何

Thank you. Here is your two Euros change. Good-bye.

搭火車
En train

法國的鐵路交通運輸發達，鐵路由法國國家鐵路公司(La Societe Nationale des Chemins de Fer, SNCF)管理。往來於倫敦和巴黎之間的歐洲之星列車(Eurostar)全程僅需三小時，十分便利（在巴黎的北站La Gare du Nord車站上下車）。從比利時的布魯塞爾乘坐Thalys列車到巴黎只需一小時二十分鐘。

從巴黎開出的高速列車TGV可以通達大部分主要城市，Corail和TER(Trains Express regionaux)使法國的鐵路運輸網更加完善。法國國家鐵路公司的鐵路交通根據兩人或團體乘坐、是否提前預定等情況，會提供多種優惠。

此外，從塞維拉出發往南行，幾乎隨時都有抵達陽光海岸各城市的快捷火車，最近的地方是隆達(Ronda)，接著再從隆達到馬貝拉(Marbella)，最後到馬拉加(Malaga)。陽光海岸線上的各城市距離都不遠，彼此之間火車班次密集，就算沒有預先查詢火車班次，只要在鐵路營運時間內前往火車站，通常都可以順利搭上到下一個目的地的火車。

火車站在哪裡？

Où est la gare?

 物A拉軋何

 Where is the train station?

我想預訂明天的火車票。

Je voudrais réserver un billet de train pour demain.

九輔得黑黑呵飛安比也得他普督慢

I would like to reserve a ticket for tomorrow's train.

請問可不可以退票？

Est-ce que le billet est remboursable?

AS股了比爺A不紅布塞不了

Can I refund the ticket?

那麼就在火車站等吧！

Allons attendre à la gare.

阿瓏阿棟阿辣軋呵

Let's wait in the train station.

請給我一張去馬賽的來回票。

Je voudrais un billet aller-retour pour Marseille.

九輔得黑安必爺阿類喝圖盒不河馬賽也

Please give me a round-trip ticket to Marseille.

從巴黎到里昂的火車票多少錢？

Un billet de train au départ de Paris pour Lyon coûte combien?

安比爺督但烏低趴得趴里普里翁古的拱鼻樣

How much is the train ticket from Paris to Lyon?

請問要一般車廂還是特級車廂？

Voulez-vous un billet de première ou de deuxième classe?

府類復安米爺督撥米爺柯拉斯物督度幾眼科拉絲

Would you like the ticket of the coach or the lounge car?

租車
Louer une voiture

外國人在法國駕駛汽車必須持有國際駕駛執照或在法國取得駕駛執照。旅遊者要事先在自己的國家拿到國際駕駛執照。租車手續在機場內租車公司櫃台、旅行社窗口、大城市飯店大廳或市內租車公司的營業所等地均可辦理。

法國全境共有八千公里的高速公路，連接周圍國家的道路交通網。法國的道路交通以巴黎為中心，呈星形向外發展，連接其他各區的主要道路。在法國遊覽，自己駕車是比較舒適的一種方式。法國擁有世界上最密集的道路交通網絡，基礎設施發達，道路維護工作也做得非常不錯。

請問在哪裡可以租車？

Où est-ce que je peux louer une voiture?

物AS股久不乎揶揄呢花聚合

Where can I rent a car?

我要租一輛汽車。

Je voudrais louer une voiture.

九輔得黑路揶揄呢花聚合

I would like to rent a car.

您要租什麼樣的車子？

Quel type de voiture voulez-vous?

 給了梭何嘟嘩聚合撫類撫

 What kind of car would you like to rent?

中型的汽車就可以了。

Une voiture de taille moyenne.

 於呢花聚合督踏爺馬宴呢

 A medium size passenger car would be great.

請問租車的收費如何計算？

Quel est le prix de la location?

 給累了闢督路卡雄

 How do you charge for renting a car?

我想租一輛標緻汽車，租三天。

Je voudrais louer une Peugeot pour trois jours.

 九輔得黑路爺安ㄆ九朴何他九何

 I want to rent a Peugeot car for three days.

請將您的駕照讓我登記一下。

Donnez-moi votre permis de conduire afin de vous enregistrer, s'il vous plait.

都內碼否投瞥密度恐居河朴闔府總和舉斯泰 西姆普類

May I have your driver's licence?

我要去亞維農，能不能給我一張高速公路路線圖？

Je voudrais aller à Avignon. Pouvez-vous me donner une carte des autoroutes?

九輔得黑阿類ㄚ阿米利翁 普菲母莫都內於呢卡河特都投戶特

I'll go to Avignon. Would you please give me a highway route map?

從尼斯到蒙地卡羅開車大概需要多久時間？

Ça prendra combien de temps de Nice à Monte Carlo en voiture?

煞彭德哈拱鼻椽督動度尼斯阿蒙地卡羅翁娜脫

How long will it takes for driving from Nice to Monte Carlo?

請問到普羅旺斯該走哪一條路才對？

Excusez-moi. Quelle route dois-je emprunter pour aller en Provence?

S估賽母 給的壺特大九得呵朴何阿磊翁普羅旺斯

Excuse me. I want to go to Provence, which road is right?

在法國開車

如果您想在法國駕駛汽車，必須持有法國駕駛執照或國際駕照（非歐盟國家公民）、在法國被稱為「灰卡」(carte grise)的汽車註冊證明及保險憑證。

主要的汽車出租公司在大城市的火車站、機場和市內都設有辦事處，可以租到任何種類的交通工具，從自行車到卡車，尤其是小汽車。在法國租車，必須年滿二十歲並持有駕駛執照一年以上。

駕車時必須繫上安全帶，並靠右側行駛。在沒有特殊指示的情況下，右側駛來的車輛享有優先權。速限一般為：城市中每小時50公里，公路上每小時90公里，快速路上每小時110公里，高速公路上每小時130公里。

法國的公路網非常發達，總長將近一百萬公里，其中將近八千公里為高速公路。高速路通常是要收費的。

如果不想被罰款，請在規定可以停車的地方停放車輛。在城市裡停車受到嚴格的限定，並需要付費。地面上的白色虛線標記了停車範圍。在需要付費的地方停車，必須從安裝在人行道上的計時器中取出付款票據，並將其放在車內顯眼的地方。停車費的價格在不同的城市和不同的地段有很大差異。

酒後駕車是嚴令禁止的，血液中的酒精含量不能超過0.5克，也就是差不多二杯葡萄酒。法國有一句口號boire ou conduire, il faut choisir!（飲酒或駕駛，二者只能選其一）。

夢幻法國初體驗
Premières expériences

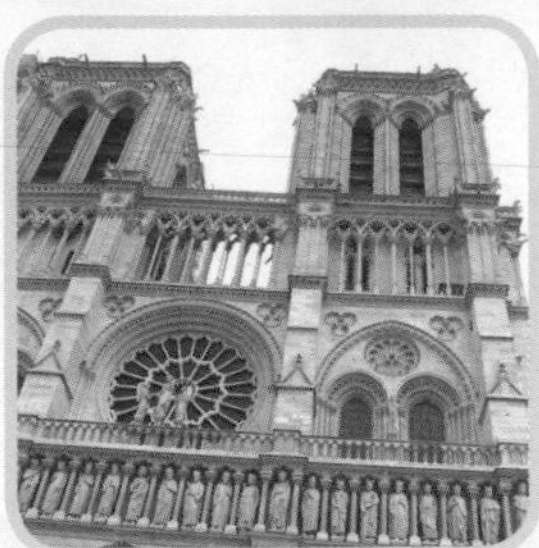

Chapitre 6

舒適休息住飯店

Hôtels et hebergement

法國的旅館需要由行政部門批准並受到監督，分為五個等級：一星級、二星級、三星級、四星級和四星級L（L代表豪華）。所有的旅館按規定必須張貼TTC價格（含消費稅）。房間一般為一張雙人床的雙人房或兩張單人床的標準房，加床或早餐要另外收費。除了獨立經營的旅館之外，全國還有數十家從一星到四星L的連鎖旅館。

預約訂房

Faire une reservation / Réservation d'hôtels

預訂飯店除了要考慮價格以外，最好還能配合交通及旅遊的行程，以免花費太多時間及金錢在交通上。許多航空公司都有推出機票加酒店的優惠旅遊行程，仔細核算下來，還算挺划得來的。如果你想嘗試自己訂飯店，網路上有提供許多飯店的房價及設施介紹，可以多方評比，再選出最適合你的住宿飯店。

這裡是不是巴黎Westminister飯店？

Est-ce l'Hôtel Westminster Paris?

AS賽羅態了威思敏斯特巴黎

Is this the Westminster Paris Hotel?

請問有沒有空房間？

Avez-vous une chambre libre?

阿飛甫於呢胸部核力不何

Do you have any rooms available?

請問您要怎樣的房間？

Que voulez-vous comme chambre?

給府類府共莫胸部核

What kind of room do you want?

我想預訂一間雙人房。

Je voudrais réserver une chambre pour deux personnes.

九輔得黑黑賊何飛於呢胸部核不合度爹帕森

I would like to make a reservation for a double room.

您要預訂幾天呢？

C’est pour combien de jours?

賽朴何拱鼻樣度九何

How many days do you want to reserve?

我想預約明天的房間。

Je voudrais réserver une chambre pour demain.

九輔得黑黑賊何飛於呢胸部核不何督慢

I would like to reserve a room for tomorrow.

大約下午兩點會到。

J’arriverai à deux heures dans l’après-midi.

賈西服黑阿度則何東拉貝米第

I’ll arrive at about 2:00 p.m.

打算住幾個晚上？

Vous comptez rester combien de jours?

 府共day黑絲day朴何拱鼻樣度九何

 How many days do you plan on staying?

預訂一個星期。

Je compte rester une semaine.

 九拱特憨絲day與呢斯曼呢

 I plan on staying a week.

單人房住一個晚上多少錢？

C'est combien une chambre pour une personne?

 賽拱鼻樣於呢向柏合朴合於呢帕森

 How much is a single room?

來之前先辦理住宿登記。

Veuillez-vous enregistrer avant de venir.

 否爺府綜合舉絲泰阿逢督焚泥河

 Please register first before coming.

房間裡面有沒有浴室？

Avez-vous une douche dans la chamber?

阿飛甫於呢度需東拉胸部核

Does the room have a bathroom?

請問有沒有雙人房？

Avez-vous une chambre pour deux personnes?

阿飛甫於呢胸部核不何督爹帕森

Do you have any double rooms available?

有，您要預約嗎？

Oui, voulez-vous faire une réservation?

位 府類府非合於呢海合阿雄

Yes, would you like to make a reservation?

我打算逗留兩天。

Je voudrais rester deux jours.

九輔得黑黑絲day度九何

I plan on staying two days.

住宿登記

Enregistrer à l'hôtel

法國的飯店因座落地點不同，各有各的優勢。靠近市區的飯店，適合喜歡逛街的人，出門就可以享受購物樂趣；靠近郊區或鄉間的飯店，適合喜歡享受悠閒景致的遊客。住飯店，可以依照喜好需求直接上網訂房喔！

我是用網路訂房的馬保羅。

C'est Paul Ma. J'ai déjà effectué une réservation par Internet.

賽跛了馬 絕day匝飛魚呢賊喝罵雄需核霸何安泰孽特

I am Paul Ma. I have made a room reservation on the internet.

我想登記住宿。

Je voudrais m'enregistrer.

九輔得黑盟和局斯泰

I would like to register.

我們之前已經預約房間了。

Nous avons déjà fait une réservation à l'avance.

努砸矇day匝飛魚呢賊何罵兇阿拉楓絲

We have made a room reservation in advance.

麻煩您先填這份表格。

Remplissez d'abord ce formulaire, s'il vous plaît.

宏舖力賽賀否大伯河喝密類核 西姆普類

Please fill in the form first.

請給我看看您的證件。

Montrez-moi vos papiers, s'il vous plaît.

盟代碼府霸皮也 西姆普類

Please show me your certificates.

Chapitre 1
Chapitre 2
Chapitre 3
Chapitre 4
Chapitre 5
Chapitre 6
Chapitre 7
Chapitre 8
Chapitre 9
Chapitre 10

這樣就可以了，謝謝您。

C'est bon. Merci.

 賽蹦 湄河西

 This is fine. Thank you.

您們要住多久呢？

Vous restez pour combien de temps?

 府黑絲day 朴何拱比樣督動

 How long do you plan on staying?

您的房間是1568號。

Le numéro de votre chambre est le quinze soixante-huit.

 了紐沒侯督否頭胸部核ㄟ了敢仔刷松遇特

 Your room number is one-five-six-eight.

這是您的房間鑰匙。

Voici la clef de votre chambre.

 法西色否頭可累督否投胸部核

 This is your room key.

請問您要不要用餐？

Voulez-vous dîner?

府類府第內

Do you want to have a meal?

我幫您把行李拿進來。

Laissez-moi emporter vos valises.

類賽馬翁柏day否馬理字

Let me help you bring in the luggage.

請安排一間景觀比較好的房間。

Donnez-moi une chambre avec la meilleure vue, s'il vous plaît.

斗內碼與呢胸部核舉呢有合密 西姆普類

Please arrange a room with a better view.

服務生會帶您到您的房間。

Le garçon vous emmenera dans votre chambre.

了軋何松甫粽曼訥哈東否同胸部核

The bell boy will take you to your room.

吃早餐的餐廳在幾樓呢？

Nous prenons le petit-déjeuner à quel étage?

努彭弄了不低day走內阿給累大舉

On which floor do we eat breakfast?

這間飯店有沒有餐廳？

Y a-t-il un restaurant dans cet hôtel?

伊亞替了安黑絲都紅東賽董泰了

Do you have a restaurant here in the hotel?

享受飯店服務

Service de l'hôtel

多數飯店提供的設施包括冰箱、小型吧檯、彩色電視、床邊收音機等，服務項目則有洗衣、國際電話、傳真、網際網路及有線電視、當地及國際郵寄服務、保險箱服務、旅遊行程安排（訂票及確認）及飯店接送服務等。

可不可以在飯店兌換錢幣？

Pouvons-nous changer l'argent dans cet hôtel?

不菲父兄絕督辣內冬樓態了

Can we exchange money here in the hotel?

麻煩您幫我留言。

Je voudrais laisser un message, s'il vous plaît.

九輔得黑類賽安梅薩舉 西姆普類

Please help me leave a message.

請問使用健身器材需要額外付費嗎？

Faut-il payer un supplément pour utiliser la salle de sport?

否踢了培也安率補蕾蒙朴何魚梯李賊拉薩了杜斯柏合

Does it cost extra money to use the health equipments?

我想借用一下會客室。

Je voudrais disposer de la réception.

九輔得黑獄剔拉胸部核督拉黑賽補雄

I want to use the reception room.

我們想將貴重物品寄放在飯店的保險箱。

Nous voulons déposer quelques objets de valeur dans le coffre-fort de l'hôtel.

努福隆day破賊給了骨做不覺督發樂和東口符合否合度樓態了

We want to put our valuables in the hotel safe.

好的，我會幫您妥善照管。

D'accord. Je vais m'en occuper.

大扣合 九飛碰盟噚居沛

Okay, I will take care of it for you.

我想取回寄放的物品。

Je voudrais reprendre les objets que j'ai déposés ici.

九輔得黑day波賊類秀谷決day破賊依稀

I would like to take back my entrusted goods.

我想打國際長途電話到台灣。

Je voudrais faire un appel international vers Taiwan.

九輔得黑肥何安納被了安泰納非核台灣

I want to make an international call to Taiwan.

我想暫時將行李存放在這裡。

Je voudrais poser ma valise ici pour un moment.

九輔得黑波這瑪法裡子依稀朴何安猛猛

I want to leave my luggage here for a short while.

我想預約做美容。

Je voudrais réserver une séance de beauté.

九輔得黑黑賊何飛朴何妤呢賽翁斯都杜波特

I want to make an appointment for a facial.

客房服務（詢問）

Service en chambre (s'interroger sur)

飯店服務向來以客為尊，為了提供旅客最好的服務水準，飯店更會定期更新設施，以及不斷推出創新的餐飲與服務，以求在競爭激烈的市場獨樹一格。如果您對飯店提供的服務內容有任何問題，只要撥通電話到服務台，大多會得到滿意的服務。

請幫我接櫃台。

Passez-moi la réception, s'il vous plaît.

帕賽馬阿拉海塞浦雄 西姆普類

Please help me connect to the front desk.

請問您們要客房服務嗎？

Voulez-vous un service de chambre?

府磊府安塞何迷思督雄不合

Do you want room service?

麻煩給我morning call。

Donnez-moi un appel de réveil, s'il vous plaît.

竇内馬鞍督黑非也 西姆普類

Please give me a morning call.

我想要一條毛巾。

Je voudrais une serviette.

九輔得黑於呢賽何飛也特

I want a towel.

請再多給我一個枕頭。

Pouvez-vous me donner un oreiller de plus, s'il vous plaît?

普菲母瑪竇内馬安娜害爺杜普呂思 西姆普類

Please give me one more pillow.

可不可以幫我換個房間？

Je voudrais changer de chambre, pouvez-vous m'aider?

九輔得黑兇絶督雄不合 普菲姆梅得

Can you help me change rooms?

我不小心把鑰匙忘在房間了。

J'ai, par erreur, laissé ma clef dans la chambre.

絕爬何河合 類賽馬可累東拉胸部核

I accidentally left the key in the room.

請幫我打掃一下房間。

Pouvez-vous nettoyer ma chambre, s'il vous plaît?

普菲母內它內他爺碼胸部核 西姆普類

Please clean the room for me.

請幫我換床單。

Pouvez-vous changer ma couverture, s'il vous plaît?

普菲母兇絕罵哭飛聚合 西姆普類

Please change the bed sheet for me.

請給我一份三明治和一瓶啤酒。

Je voudrais un sandwich et une bière, s'il vous plaît.

九輔得黑安三歲去A於呢比爺何 西姆普類

Please give me a sandwhich and a bottle of beer.

請幫忙把衣服送洗。

Pouvez-vous laver mes vêtements, s'il vous plaît?

普菲母拉菲梅菲特蒙 西姆普類

Please wash the clothes.

我想在房間裡吃早餐。

Je voudrais prendre le petit-déjeuner dans ma chambre.

九輔得黑碰得合了不低得九内東馬胸部核

I want to eat breakfast in the room.

客房服務（抱怨）
Service en chambre (se plaindre de)

飯店提供許多貼心的設施如全區空調系統、二十四小時客房服務、充足的電力及通訊系統，如在房間內設有電話及充電接點，每個房間都附有全球通用的電動刮鬍刀插座，為外出的旅客提供最方便的服務。

通常住宿飯店必須給服務生一些服務費用，不過多花一分錢就能確實得到更完善的服務，無論是在地點、設施、餐飲或風格等方面，飯店都能提供令人滿意的選擇空間！

空調太吵了，睡不著。

Le climatiseur fait trop de bruit, je ne peux pas dormir.

了克瑪悌者何飛拓督部會 九呢步霸都合密合

The air conditioner is so noisy, I can't sleep.

這個房間太冷了。

Il fait trop froid dans cette chambre.

伊拉飛拓法東賽訥胸部核

The room is too cold.

我的房間裡沒有浴巾。

Il n'y a pas de serviette dans ma chambre.

依你亞把督賽荷米野特動碼胸部核

There are no bath towels in the room.

這個冰箱壞掉了。

Ce réfrigérateur ne fonctionne pas.

色海非哈特合呢峰雄呢霸

The refrigerator is out of order.

這個電視機壞掉了。

Ce téléviseur ne fonctionne pas.

色獖類米這何呢峰雄呢霸

The television is out of order.

水龍頭沒有熱水出來。

Il n'y a pas d'eau chaude.

依你亞把杜琇的

There is no hot water.

微電腦保險箱不能使用。

Le coffre-fort électronique ne fonctionne pas.

了口符合米口歐第哪特何呢峰雄呢霸

The microcomputer safe isn't working.

蓮蓬頭無法沖水。

Je ne peux pas prendre de douche.

九呢不壩德合於呢度許

I am unable to take a shower.

門鎖不起來。

Je ne peux pas fermer la porte à clef.

九呢步霸飛何梅拉婆何阿可累

I can't lock the door.

冷氣機故障了。

Le climatiseur est tombé en panne.

了鄰馬替則核ㄟ痛被翁半呢

The air conditioner is out of order.

退房

Demander la note

離開飯店要退房時，記得把所有的行李整理好，可別丟三落四的。若需要服務生幫忙提行李到飯店大廳，也要記得給小費表示謝意。通常飯店退房結帳時，會一併計算餐飲及客房服務的費用，拿到帳單時，要核對一下所列費用是否正確，有問題當場提出，以免刷卡付費後引發不必要的糾紛。

麻煩你，我要退房。

Je voudrais régler ma note.

九輔得黑格類碼那特

I would like to check out.

你的行李都拿齊了嗎？

Avez-vous toutes vos valises?

阿肺腑土特否馬里子

Have you taken all of your luggage?

房間還有一件行李，我想請你們幫我拿下來。

J'ai encore une valise dans ma chambre, pouvez-vous la descendre pour moi?

絕翁夠喝於呢發里茲動啦雄不合 普菲母拉day松德何普麼

There is one piece of luggage in the room, please help me take it down.

請問必須在幾點前退房？

Excusez-moi. Quand est-ce que nous devons régler notre note?

S估賽母 公AS股努德風嘿蛤類孺投那特

Excuse me, what time should we check out?

你要付現金還是刷卡？

Voulez-vous payer comptant ou par carte de crédit?

府類甫被爺恐動物爬核卡德合督虧第

Do you want to pay in cash or by credit card?

請問您有沒有飲用房間冰箱裡的飲料？

Avez-vous bu les boissons dans le réfrigérateur?

A飛甫砸非避類把松東了哈非絕哈特河

Did you drink anything from the refrigerator in the room?

我喝了一罐可樂和一瓶啤酒。

J'ai bu un coca et une bière.

絕壁安口卡A於呢筆業合

I drank a Coke and a beer.

請給我開一張收據。

Je voudrais un reçu, s'il vous plaît.

九輔得黑安呵旭 西姆普類

Please give me a receipt.

請問禮品店在哪裡？

Où est le magasin de souvenirs?

物誒了瑪噶站得蘇您何

Where is the gift shop?

能不能幫我叫輛計程車？

Pouvez-vous m'appelez un taxi, s'il vous plait?

普菲母馬普類安塔克西 西姆普類

Would you please hail a taxi for me?

期待您下次光臨。

Nous espérons vous revoir bientôt.

努ㄟ死培宏股努馬西翁必樣透

We are looking forward to your next visit.

夢幻法國逍遙遊

Petites promenades

Chapitre 7

吃香喝辣美食通

La gastronomie française

在法國，您能夠找到各式各樣的餐館，從簡單親切的小飯館到榮登米其林指南的知名美食餐廳，以及小酒館、飯店、咖啡館……餐桌上的飲用水和麵包是包含在菜價裡的，按照常規，一般要給為您服務的侍者小費。

法國美食
Cuisine française

每當提到法國美食，腦海裡蹦跳出來的幾個名詞，不外乎松露、鵝肝醬、生蠔、蝸牛、春雞等，看起來高貴又美味的食物，在荷包允許的情況下，不妨給自己一次奢華的放縱，品嚐一頓道地的法國佳餚。

我想找家好餐廳吃晚餐。

Je suis à la recherche d'un bon restaurant pour dîner.

九十魏阿拉黑薛荷旋安蹦黑絲頭紅葡合普第內

I am looking for a good restaurant for dinner.

聽說這裡附近有一間道地的法式餐廳。

J'ai entendu dire qu'ily a un authentique restaurant Français près d'ici.

決通居迪合己力婭安嚀松踢客嘿斯投轟風塞帕地吸

I heard that there is a genuine French restaurant nearby.

一起去吃法式小羊排吧！

Allons manger ensemble de l'agneau à la française!

 A龍羅何夢覺翁送不了杜辣擬由阿拉風塞司

 Let's eat French lamb chops together!

歡迎光臨！請問有幾位？

Bonsoir! Combien de personnes?

 朋絲襪何 拱鼻樣度帕森

 Good evening. How many people?

請往這邊走。

Suivez-moi, s'il vous plaît.

 絲媚碼 西姆普類

 This way, please.

可不可以推薦一下這裡有什麼好吃的？

Qu'est ce que vous recommandez?

 給死股甫喝拱夢day

 Can you recommend something that's good?

這裡的烤羊肉很有名。

Le mouton rôti d'ici est très connu.

了穆通侯踢低硒A太恐膩

The roast mutton here is famous.

這裡什麼點心好吃的？

Qu'est ce que vous recommendez comme amuse-geule?

給死股甫喝孔盂day空盟阿咪斯各了

Which appetizers here are good?

我們要一份烤雞腿和一份焗蝸牛。

Nous voudrions un pilon de poulet rôti et une assiette d'escargots gratinés.

努甫得悉永安比龍嘟朴類A於呢阿西業特day斯卡狗瓜庭内

We want a dish of roast drumstick and a grilled escargot .

那麼我們要吃燉牛肉。

Nous voudrions un ragoût de boeuf.

努甫得悉用安購督不符

We'll try beef stew, then.

再來一份奶油海鮮湯。

Et encore une soupe de fruits de mer.

A翁扣合於呢素樸督飛督媒合

One more dish of butter-seafood soup.

聽說這家餐廳的肥鵝肝很美味。

J'ai entendu dire que le foie gras de ce restaurant est très bon.

絕翁通居迪河谷了法葛哈督色黑斯投宏A胎蹦

I hear that the foiegras of this restaurant is very delicious.

松露跟乳酪是法國美食中很重要的食材。

La truffe et le fromage sont des produits très importants de la cuisine française.

拉踢福A了否后羆局宋day安撥具太詹伯動督拉圭及呢風塞司

Truffe and cheese are the important foodstuffs in French fleshpots.

聽說這裡的菲力牛排不錯。

J'ai entendu dire que le filet de boeuf d'ici est excellent.

絕翁通居迪核估了西蕾絲day克蒂西A賽隆

I hear that the filet steak here is excellent.

這裡最有名的是牛尾湯。

La spécialité d'ici est la soupe de queue de boeuf.

拉斯瞥夏禮day踢西A拉素普度各督播府

The most famous food here is the ox tail soup.

我已經吃很飽了。

J'ai trop mangé.

絕圖夢覺

I am full.

這次由我來請客吧！

C'est mon tour de régler la note!

塞蒙圖盒督黑各類拉嚀特

Let me pay the bill this time!

小酒館／咖啡廳，吃輕食

Bistrot / café, manger snacking

很長時間以來，葡萄酒被看作是「成人的飲料」，但現在葡萄酒成了時尚的一分子。新一代酒保徹底推翻了繁複的品酒禮儀，取而代之的是完全年輕化的形象。在巴黎眾多光線明亮、色彩絢麗的小酒館中，隨時可以喝到眾多種類和價格的葡萄酒：從傳統的波爾多葡萄酒到來自美洲「新世界」的葡萄酒，還包括了天然綠色的品牌葡萄酒。

請問這附近有沒有小酒館？

Y a-t-il un bistrot près d'ici?

伊亞剃了安必司陀派蒂西

Are there any pothouse near here?

最近開了一家新咖啡廳。

Un nouveau café a ouvert ses portes depuis quelques jours.

安努否咖啡米樣督福撒柏的的啤day何你業合九何

There is a new café open these days.

你中午有沒有空？

Etes-vous libre ce midi?

A特斧利博褐色密地

Are you free at noon?

我們要去哪裡吃點東西呢？

Où est-ce que nous allons manger?

物AS股努砸龍夢覺

Where shall we eat?

請問要喝什麼飲料？

Qu'est-ce que vous voulez boire?

給思古撫撫類霸盒

What would you like to drink?

請先看看菜單。

Voici le menu.

馬希塞了馬玉

Here is your menu.

一杯勃艮地葡萄酒，謝謝！

Je voudrais un verre de vin de Bourgogne, merci.

九輔得黑安非核督萬督布勒根尼 湄河西

I would like a glass of Bourgogne wine, thank you.

這間咖啡館的東西很便宜。

Les plats de ce café ne sont pas chers.

類普辣督色咖啡呢送八學合

The food in the café is cheap.

你推薦哪一種葡萄酒呢？

Qu'est ce que vous recommandez comme vin?

給死股甫喝拱夢蝶拱麼慢

What kind of wine do you recommend?

我會推薦干邑產的葡萄酒。

Je vous recommanderai un cognac.

九福喝統孟德黑安孔尼雅可

I would like to recommend Cognac wine.

法國特色葡萄酒館導覽

● 專賣酒館

有些酒館選擇專門販賣某些葡萄酒為特色，比如巴黎十四區的陽光干邑(les Crus du soleil)，這家酒館只賣朗格道克－魯西庸(Languedoc-Roussillon)地區所產的葡萄酒，還經常舉辦品酒晚會，讓客人可以一邊品嘗食物，一邊感受美酒帶來的快樂。

位於格勒諾布林(Grenoble)的埃德加酒館(Bistrot d'Edgar)，是間集餐廳、酒吧、葡萄酒窖於一體的店，店老闆以嶄新的理念經營，經常舉辦法國各葡萄酒產地的主題品酒活動。

巴黎的河閘(L'Ecluse)酒吧可以品嘗到最美味的波爾多干邑；威利的葡萄酒酒吧(le Willi's wine bar)有一面三〇年代的酒桶狀外牆，向葡萄酒愛好者提供二百五十多種美酒，特別是羅納河谷地區的葡萄酒。

普羅旺斯的艾克斯(Aix-en-Provence)、小韋爾多(le Petit Verdot)酒吧餐廳非常有名；里昂(Lyon)的le Bouchon aux Vins酒吧可以搭配當地的菜餚，品嘗二十多種羅納河谷地區的美酒。

● 結合藝術酒館

許多新舊的酒吧融合各種藝術種類，以吸引年輕一代的顧客。位於巴黎中心的老酒桶(le Vieux Tonneau)酒吧融合了葡萄酒和繪畫的魅力；位於沼澤地區(Marais)的美麗繡球花酒吧則是葡萄酒和文學完美結合的體現；位於拉丁街區的Pipos酒吧在葡萄酒中融入了美妙的手風琴演奏的樂曲。

更獨特的是南特(Nantes)的咖啡屋(Maison Cafe)，由一棟住家房屋改建而成，客人可以提著一瓶酒，從廚房漫步到客廳，或從臥室走到淋浴間，可以說是真正賓至如歸的服務環境！

法國葡萄酒之都

如果列舉十五個法國優良葡萄種植區，就會發現一個很有趣的特點：它們的首府大多擁有與帶來美譽及財富的葡萄酒或蒸餾酒同樣的名字。

但並非所有的地方都是同樣的情況！在亞爾薩斯(Alsace)沒有一種葡萄酒帶有A.O.C Strasbourg字樣；還有盛產香檳(Champagne)的漢斯(Reims)和艾培(Epernay)與當地出產號稱「讓女人更美麗的葡萄酒」彭巴杜爾侯爵夫人(Pompadour)，名字上也沒有任何聯繫。

根據所釀造葡萄酒的級別（地區級、分地區級及市鎮級葡萄酒）可以將這些盛產葡萄酒的城市分為三類。

與耕種的葡萄園同名的城市中，最著名的莫過於波爾多(Bordeaux)了，它是波爾多地區葡萄種植的知名品牌，也是梅鐸(Medoc)、聖艾米利翁(Saint-Emilion)及其他葡萄產地必經的港口。

波爾多附近還有兩座情況相似的城市：貝杰拉克(Bergerac)和干邑(Cognac)。貝杰拉克位於同名的葡萄產地，盛產芳香四溢的蒙巴齊亞克(Monbazillac)葡萄酒；而位於夏朗德縣(Charentes)的葡萄產地干邑，則將名字賦予在精巧的橡木桶中釀造出世界馳名的白蘭地。

分地區級的葡萄酒同樣是這種情況。在某些更小的地區中，主要是勃艮地(Bourgogne)和羅亞爾河(Loire)地區，地名早已成為人們印象中讓人垂涎的美酒代名詞。傳統上，人們將勃艮地地區分成若干被稱為「山坡(cotes)」的單位。有些山坡的名字分別與其中心城市的名稱相對應，如：夜丘(la Cote de Nuits) 與努伊聖喬治(Nuits-Saint-Georges)、波恩山丘(la Cote de Beaune)和波恩城(Beaune)。

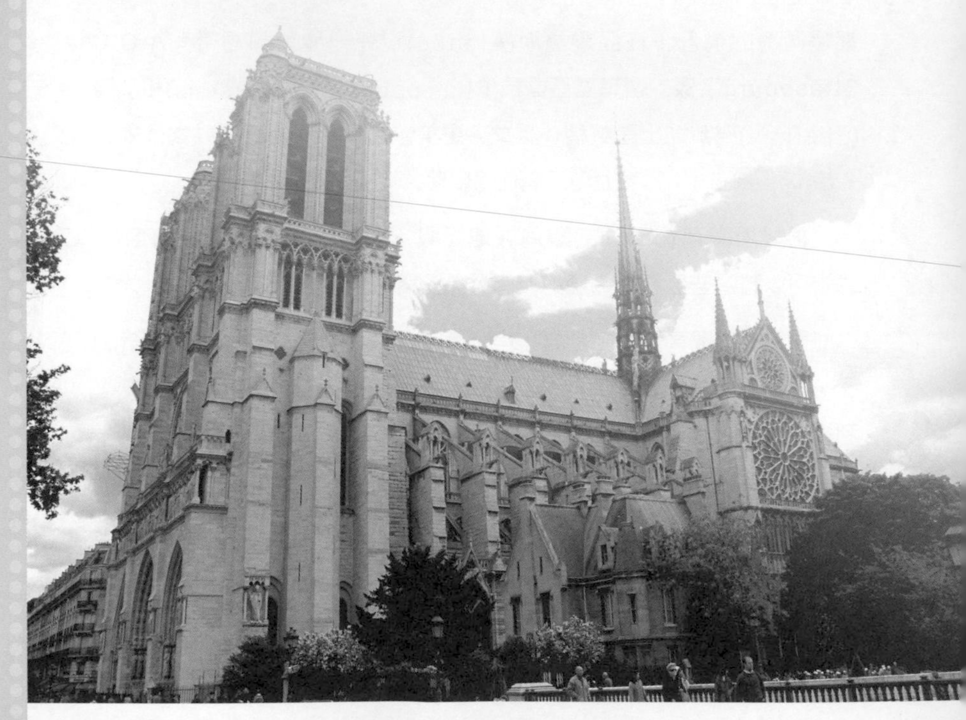

位於南部的馬孔(Maconnais)城市頌恩河畔馬孔(Macon-sur-Saone)則用自己的名字來命名葡萄園。所出產的葡萄酒被命名為馬孔(Macon)或馬孔鎮(Macon-Villages)，其中最讓人稱道的是口味清純、芳香四溢的白葡萄酒和紅葡萄酒。

在羅亞爾河(Loire)葡萄種植園區長達一千多公里，久負盛名的安茹(Anjou)和都蘭(Touraine)正坐落於此，出產與城市同名的著名葡萄酒昂杰(Angers)和杜爾(Tours)；而南特地區(Pays nantais)產的酒則叫做麝香白葡萄酒(Muscadet)！

該地區許多市鎮已正式成為生產法定產區酒(AOC)的地區，成了勃艮地葡萄園(Ensemble du Vignoble Bourguignon)的傳統：每個出產葡萄的市鎮，都將用市鎮的名字為自己生產的葡萄酒進行冠名，如：市鎮博馬德(Pommard)、沃斯訥－盧馬內(Vosne-Romanee)、默爾索(Meursault)、熱沃爾－香博丹(Gevrey-Chambertin)等，以及紅酒聖約瑟芬(Saint-Joseph)、教皇新城堡(Chateauneuf-du Pape)、聖佩雷(Saint-Peray)等。

其他葡萄產區也可以發現類似的情形：普羅旺斯(Provence)有以卡西斯(Cassis)命名的葡萄酒；波爾多(Bordeaux)則有博莫羅爾(Pomerol)和波亞克(Pauillac)等；同樣在胡希詠(Roussillon)，還有與邦於爾(Banyuls)和里韋薩爾特(Rivesaltes)同名的葡萄酒。

真正的葡萄酒愛好者不會嫌這些分類麻煩，來到法國是一次難得的好機會：可以在暢遊葡萄酒國度時，好好品味各地葡萄酒絕妙的滋味！

我想試試這裡的洋蔥湯。

Je voudrais goûter la soupe à l'oignon d'ici.

九輔得黑古德拉蘇朴斗尼硬第析

I would like to taste the onion soup.

我要一份萵苣沙拉和卡芒貝爾奶酪。

Je voudrais une salade et un camembert.

九輔得黑於呢撒拉的A安卡蒙貝爾

I would like a dish of lettuce salad and Camembert cheese.

夏維諾乳酪配桑塞爾白葡萄酒的滋味真棒！

Les goûts du crottin de Chavignol et du vin blanc Sancerre sont exquis!

類股居口啖督下維娜A居漫步龍松賽荷聳特A思奇

The taste of Chavignol cheese and Sancerre wine were excellent.

當法國乳酪遇上葡萄酒

法國乳酪不僅可與紅葡萄酒搭配，有70%的法國乳酪可搭配白葡萄酒，通常不甜的白酒或甜白酒都是不錯的選擇，但原則上不要挑選口感太淡的酒，一般而言，越成熟的乳酪味道越強烈，請注意別讓乳酪的味道搶了葡萄酒的風采！建議可一次選擇幾種不同種類的乳酪來配酒，味道濃烈的乳酪比較難搭配，如藍黴乳酪、煙燻乳酪等。

● 藍紋乳酪 (Blue Cheese)

最佳組合是Roquefort與波爾多的甜白酒Sauternes。酒中香甜的蜂蜜氣息與Roquefort的鹹味是絕佳的組合，也可選擇與Roquefort相似的藍黴乳酪來搭配其他產區的甜白酒，如羅亞爾河的moëlleux甜酒、來自西南產區的貝傑哈克Bergerac甜白酒或居隆頌Jurançon甜白酒。

● 軟質乳酪 (Soft Cheese)

軟質乳酪如Brie、Neufchatel及Camembert，一般與口感較淡、果味明顯的酒搭配，如薄酒萊或羅亞爾河(Saumur or Touraine)的葡萄酒，也可選擇口感柔順的紅酒如隆格多克(Languedoc)或地區餐酒Vins de Pays d'Oc。

可依據不同的乳酪外皮，來選擇軟質乳酪搭配的酒款：浸皮乳酪如Munster、Le Brin、Reblochon、Terroir、Chaumes及Tourée de l'Aubier，可與Bourgogne、Pomerol、Saint-Emilion等紅酒搭配，也可挑阿爾薩斯的白酒如Gewurztraminer and Muscat。

未浸皮乳酪如Crottin de Chavignol則可與果香明顯的白酒搭配，如Alsace、Anjou、Sancerre、and Pouilly-Fuissé或來自隆河的玫瑰紅酒、Rosé d'Anjou等。

中硬乳酪 (Semi Hard Cheese)

最佳的組合是Cantal或Raclette配布根地的Mâcon Blanc、普羅旺斯的玫瑰紅(Rosé de Provence)或是清淡的薄酒萊(Beaujolais)紅酒。

山羊乳酪 (Goat's Cheese)

新鮮的山羊乳酪與Sauvignon品種的白酒是不錯的搭配組合，也可以配來自南布根地的夏多內白酒。

我要一盤奶油培根義大利麵。

Je voudrais un plat de spaghettis à la sauce blanche avec du jambon.

九輔得黑安補辣督斯帕給提阿拉索絲朴龍許A飛客day種蹦

I would like a dish of butter spaghetti with bacon.

不要太辣。／不要太鹹。

Pouvez-vous le (la) rendre moins piquant(e)? / Pouvez-vous le (la) rendre moins salé(e)?

普菲母了（拉）洪德何曼仳公（特）／普菲母了（拉）洪德何曼薩雷

Could you make it less spicy? / Could you make it less salty?

我只想吃一些蔬菜。

Je voudrais juste un peu de légumes.

九輔得黑菊絲特安布杜雷據莫

I would just like some vegetables.

那麼我們去吃蔬菜披薩吧！

Alors mangeons une pizza aux légumes.

阿羅合盟決於呢幣薩物雷據莫

Then let's eat vegetables pizza!

蔬菜沙拉味道如何？

Que pensez-vous du goût de la salade?

股甭賽母居固度拉沙拉的

How do you like the flavor of green salad?

點那麼多吃不完。

Si nous commandons trop de plats, nous ne pourrons pas tous les finir.

西努孔孟day拓督普辣 努呢普宏霸類圖絲希妮合

If we order too much, we won't be able to finish our food.

如果不夠吃的話，等一下再點。

Si ce n'est pas assez, nous pourrons toujours encore commander quelque chose plus tard.

希瑟納霸阿塞 努不宏翁何孔盃圖九何day給了股秀絲朴率塔合

If it is not enough, order later.

勃艮地葡萄酒

法國葡萄酒種類及品質有足夠的自信接受全世界的饕客們品評，葡萄酒蘊涵了法國悠久的歷史、文化、生活藝術及對生活的熱情和獨特的品味方式。

有些人認為葡萄酒不過是含有酒精的發酵葡萄汁，事實上並非如此。如果你想對葡萄酒有更深入的認識，可以利用週末參加暢遊勃艮地的葡萄酒世界，讓您真正領略法國美酒的滋味。

勃艮地葡萄酒學校

勃艮地葡萄酒學校帶領每個遊客深入瞭解葡萄酒的本質、歷史和文化的精髓。學習品嘗勃艮地(Bourgogne)的葡萄酒，擁有視覺、嗅覺和味覺的全新感受。

葡萄酒學校將安排您參觀葡萄酒釀造場所：葡萄園、發酵室、酒窖，同時還有機會品嘗來自五個葡萄種植區，約二十種不同的葡萄酒──夏布利(Chablis)、波恩山丘(Cote de Beaune)、努伊山丘(Cote de Nuits)、馬恩河畔夏隆山丘(Cote Chalonaise)和馬孔(Maconnais)。

● 勃艮地葡萄酒知識入門

徜徉在勃艮地葡萄美酒的世界，有專業人士、葡萄種植者、酒商進行入門指導。將學到關於地理、品名分級等許多的理論知識、實地參觀葡萄酒莊園，並在多次品酒活動中實踐所學到的知識。

勃艮地葡萄酒學校L'eole des vins de Bourgogne

網址：www.ecoledesvins-bourgone.com

保存：避光、乾燥、平放。酒體強勁、帶有酸澀丹寧味的紅葡萄酒在攝氏16～20度室溫保存最佳；酒體溫和、輕盈的紅葡萄酒約10～14度；汽泡酒、輕盈的白葡萄酒和玫瑰酒約6～10度。

酒杯：玻璃的厚度要薄，無色透明，色澤清澄。在形狀方面，玻璃杯四周應鼓起，上端微微向內收，這樣才能把酒香集中在杯中，真正品嚐到葡萄酒的滋味。高腳杯可以倒足相當數量的酒，但不至於超過酒杯三分之二的份量。

品嚐：先喝清淡的葡萄酒，逐漸濃烈。所以白葡萄酒應在紅葡萄酒之前先上；新酒先上老酒後上。要全面品嚐的葡萄酒的味道，先將葡萄酒在口腔內滾動一次，舌尖甜味最敏感，兩邊是酸味，苦味在最末端，味蕾也能感受一些觸覺的特質，如苦澀、圓潤、柔和等。

下午茶
Le goûter / Salons de thé

喝下午茶是許多遊客出國時一定會去體驗的高級享受。在飯店或餐廳裡享受著悠閒時光，慢慢品味眼前精緻的小蛋糕、餅乾、三明治或鬆餅等，是深深吸引海外遊客的賞心樂事之一。如果你是甜點的愛好者，還可以好好品嚐來自世界各地的巧克力喔！真的好吃到快讓人掉眼淚囉！

要不要一杯咖啡？

Voulez-vous un café.

府類府安咖啡

Would you like a cup of coffee?

我想要一杯紅茶。

Je voudrais un thé.

九輔得黑安悌

I want a cup of black tea.

要冰的還是熱的？

Vous le voulez froid ou chaud?

府了嘸類法物秀

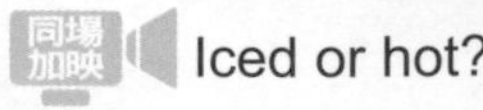

Iced or hot?

冰咖啡 un café froid 安咖啡法	**冰紅茶** un thé froid 安悌法	**可樂** un Coca 安口卡
雪碧 un Sprite 安比瑞特	**礦泉水** de l'eau minérale 督露米納哈了	**柳橙汁** du jus d'orange 居局多紅櫸
蕃茄汁 du jus de tomate 機機賭頭特	**鮮奶** du lait 居雷	**可可** un chocolat 安杇口拉
啤酒 une bière 於呢筆業合	**威士忌** du wisky 居威士忌	**白蘭地** du cognac 居口尼亞克
葡萄酒 du vin 居萬		

我還要點一份鬆餅。

Je voudrais encore une gauffre.

九輔得黑翁扣合於呢口符合

I want another order of waffle.

可不可以吃蛋糕？

Est-ce que je peux avoir du gâteau?

AS股九步A福襪居卡透

Can I have some cake?

我喜歡吃甜甜圈。

J'aime manger les beignets.

絶莫夢蕨類北妮夜

I like to eat donuts.

這種巧克力真好吃。

Ce chocolat est délicieux.

色秀口啦 A day力秀

The chocolate is so delicious.

請給我一份火腿三明治。

Je voudrais un sandwich au jambon, s'il vous plaît.

 九輔得黑安三威致誤迴蹦 西姆普類

 I want a sandwich with ham, please.

我想要吃巧克力聖代。

Je voudrais une glace au chocolat avec des fruits, des noix et de la chantilly.

 九輔得黑於呢葛拉斯物朽口辣A飛客day飛, day哪A督拉相提液

 I want to est chocolate sundae.

你喜歡吃藍莓乳酪蛋糕嗎？

Aimez-vous le gâteau au fromage à la myrtille?

 A妹府了尬透物崩碼居A拉謎題爺

 Do you like blueberry cheese cake?

享受下午茶時光真幸福。

Il est vraiment agréable de prendre un thé l'après-midi.

 色飛害蒙馬尼希克督彭德何安day東搭妹闢地

 It's so happy to enjoy the afternoon tea time.

露天咖啡
Cafés-terrasse

歐洲各國幾乎到處都有露天咖啡座，當地人喜歡在午後，與三五好友坐在路邊喝杯咖啡聊天小憩一下，也喜歡坐在路邊看著街道上熙來攘往的人群，體會屬於自己的悠閒時光。先提醒你，在露天咖啡座喝咖啡可不能趕時間喔！因為服務生的態度跟客人一樣悠閒，不會急著把你的咖啡端上來，如果你等了幾分鐘，還不見咖啡杯的影子，也不用大驚小怪。

請給我一杯義式濃縮咖啡。

Je voudrais un expresso, s'il vous plaît.

九輔得黑安義式普雷梭歐 西姆普類

A cup of espresso, please.

我想要一杯卡布奇諾咖啡。

Je voudrais un cappuccino.

九輔得黑安卡布奇諾

I want a cup of Cappuccino.

這是您點的摩卡咖啡，請慢用。

Voici votre Mocha. Bon appétit.

馬西賽否投摩卡 蹦納塔蒂

Here is your Mocha coffee, enjoy it.

義式濃縮咖啡	expresso	義式普雷梭歐
以極熱但非沸騰的熱水，藉由高壓沖過研磨成很細的咖啡粉末來沖出咖啡。		
拿鐵咖啡	latté	拉特
以濃縮咖啡為底的飲料，裡面有許多牛奶，上面有層薄薄的奶泡。從一流咖啡師與饕客所在意的咖啡拉花藝術(latte art)顯示出有奶泡應是拿鐵咖啡的常態。		
卡布奇諾咖啡	cappuccino	卡布其諾
傳統上是1/3濃縮咖啡，2/3微細奶泡的飲料。		
摩卡咖啡	mocha	摩卡
通常是拿鐵咖啡與巧克力的混合之作。		
土耳其咖啡	café à la turque	咖啡阿邋區何克
真正的土耳其咖啡得經過複雜的烹煮方式，每杯咖啡需要兩大匙咖啡及一匙糖（如果需要），把咖啡和糖加入土耳其銅製咖啡壺Ibrik(Jezva)，用喝咖啡的小杯子量水，需要幾杯就加幾杯水。咖啡壺中的水量最多只能加到一半，因為水快要沸騰時會產生很多泡沫。當咖啡沸騰後，把咖啡壺從火上移開，使泡沫消失。以上方式重複兩次，然後慢慢將咖啡壺傾斜將壺中的咖啡慢慢注入小杯子裡。如果動作仔細，大多數咖啡細渣應留在咖啡壺中。		
瑪其朵咖啡	macchiatto	瑪其朵
傳統上是一點點奶泡用湯匙加到濃縮咖啡上；在某些咖啡店裡，瑪奇朵咖啡的順序是顛倒的，如：焦糖瑪其朵是將濃縮咖啡加到大量的熱牛奶及奶泡裡。		
康寶藍咖啡	expresso con panna	義式普雷梭歐空版納
在濃縮咖啡上面加上鮮奶油(whipped cream)。		

夢幻法國大血拼
Shopping et mode

Chapitre 8

血拼敗家真過癮

Faire du shopping en s'amusant

到法國大血拼，一定能滿足你的購物慾望，來自世界各地的精品品牌幾乎在巴黎都設有旗艦店，不同的購物商場也能提供最豐富精采的購物享受！通常百貨公司及連鎖店會清晰列明商品價格；至於小型商店或路邊小商攤的商品如未有標明價錢，購物前最好先問清楚價格，以免花錢買氣受喔！

兌換錢幣
Échange de devises.

我們熱愛的新台幣在法國是不能使用的，必須兌換成歐元才能在當地使用，通常在台灣的銀行就能直接兌換歐元的現金了，至於匯率與手續費各家銀行有些許不同，可以多問幾家，選擇對自己最有利的。

請問在哪裡可以換錢？

Où est-ce que je peux changer l'argent?

物AS股久不夐決打雄

Where can I change money?

今天的匯率是多少？

Quel est le taux de change d'aujourd'hui?

給累了透day兇督歐居

What is the exchange rate today?

手續費多少錢？

De combien est la commission?

督拱鼻樣A拉恐密雄

How much is the procedure fee?

可否請你將五百美元換成歐元？

Je voudrais changer cinq cents dollars en Euros.

偷呷步 九輔得黑兇決三松打了翁No侯

I would like to change the five hundred American dollars to Euros.

可否請你將二百歐元換成小鈔？

Je voudrais de la monnaie pour deux cents Euros.

九輔得黑非核督拉謀都督松走侯

I would like to change two hundred Euros into smaller bills.

可否請你幫我將這張旅行支票換成現金？

Je voudrais changer mon chèque de voyage en cash.

九輔得黑兇絕蒙薛克都發雅居翁凱西

I would like to exchange my traveler's check into cash.

我不小心把旅行支票遺失了。

J'ai perdu mon chèque de voyage par accident.

絕牌合居猛他否薛克督法雅居巴核阿西懂

I accidentally lost the traveler's check.

我們要去哪裡申請補發呢？

Où est-ce que nous pouvons faire une demande de remboursement?

物AS股努補逢非合於呢賭孟德宏不褐色夢

Where should we apply?

今天新台幣兌歐元的兌換價是多少？

Quel est le taux de change des Dollars Taiwanais en Euros aujourd'hui?

給磊了透day兇舉督拉台灣內翁嗕侯歐九合居

What is the exchange rate of NT dollars to Euros today?

一萬元台幣換二百二十七歐元。

Dix mille Dollars Taiwanais, c’est deux cents vingt-sept Euros.

 低靡了督拉台灣內 賽杜松萬賽特斗侯

 Ten thousand NT dollars to two houndred and twenty-seven Euros.

這兒有五百三十歐元，請點收一下。

Il y a cinq cents trente Euros. Vous pouvez vérifier si le montant est exact.

 伊里亞三松通特都侯 府不菲菲西席業吸了蒙東A口害可特

 Here is five hundred and thirty Euros. Make sure you check that it’s right.

在法國兌換錢幣

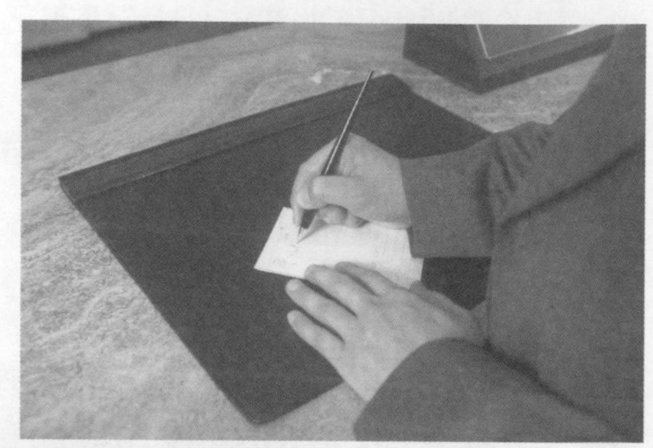

法國各銀行營業的時間不一致，通常為星期一至星期五上午九點至下午四點。除了國際機場、火車站外，在大都市裡的一些銀行也可兌換外幣。每家銀行的匯率不一樣，在機場換錢較不划算。

在巴黎香榭麗舍大道(avenue des Champs-Elyses)的C.C.F.(Credit Commercial de France)銀行外匯部門，週一至週六，每日八點三十分營業到晚上八點。同一條路上的Union de Banques Paris，週一至週五九點至下午五點，週六、週日十點至下午六點也可以換錢。

目前，法國的主要銀行有Banque Nationale de Paris（B.N.P.法國國家巴黎銀行）；Credit Lyonnais（法國里昂信貸銀行）；Societe Geneale（法國興業銀行）等，其在世界各地皆設有分行。

法國的幣制是以歐元(Euro)為單位，每一歐元等於100分(centimes)。在法國的錢幣中，紙幣有5、10、20、50、100、200和500歐元七種。法國人對偽鈔的概念不強，即使在銀行，也要當心別換到了假鈔。

歐元的貨幣

五百歐元	cing cents euros	三松周侯
二百歐元	deux cents euros	督松周侯
一百歐元	cent euros	松都侯
五十歐元	cinquante euros	三公都侯
二十歐元	vingt euros	萬都侯
十歐元	dix euros	低周侯
五歐元	cinq euros	三狗侯

大拍賣
Soldes

購物是旅遊的重頭戲之一，法國有各式各樣的購物商場、百貨公司，各種商品琳瑯滿目！若剛好趕上折扣季節，可以買得更加超值，帶給您無窮的購物樂趣！如果你的預算有限，還是可以到免稅商店、二手名牌店及跳蚤市場挖寶，一樣可以買到物美價廉的商品喔！

聽說巴黎拉法葉百貨公司週年慶，全部商品都打七折。

J'ai entendu dire que les Galleries Lafayette Paris sont en solde. Tous les produits ont une remise de trente pour cent.

絕翁通居迪河谷類軋類西拉法葉特聳翁搜了德 圖類逢都依翁土米仔賭統不松

I hear that Paris Lafayette Department Store is having their annual sale. All goods are 30% off.

到時候一定會有很多人。

C'est certain qu'il y aura beaucoup de monde à ce moment-là.

賽誰合但伊里又哈布古都盟的阿瑟某盟啦

There must be a lot of people.

那麼難得的機會，怎麼可以錯過呢？

Comment pouvons-nous rater une occasion si rare?

拱夢朴轟努得魚know卡雄西蛤何

How can we miss such a rare opportunity?

開始買一送一活動。

Début des soldes “un acheté, un gratuit.”

day比day蒐了的安納嚎day安卡合拒

It is starting our buy-one-get-one-free special.

如果不買點東西就虧大了。

Ce serait dommage de ne rien acheter.

色色海多瑪舉那薛西踢

It would be a great loss if we didn't buy something.

導遊說這家店價格不貴。

Le guide dit que les prix de ce magasin ne sont pas élevés.

了居的低谷類疲督色碼軋站娜送部這非

The guide said that the prices in the shop are not expensive.

付現金的話不能算便宜點？

Je peux avoir une remise si je paye comptant?

久不A福娃呵於呢喝米茲西九配恐通

Would it be cheaper if we pay in cash?

我要去蒙大涅大道附近買東西。

Je voudrais faire les magasins de la zone près de l'Avenue Montaigne.

九輔得黑非核類碼格戰東拉種呢配督拉芬女盟但你亞

I want to buy something at Avenue Montaigne area.

你要買什麼呢？

Qu'est-ce que vous voulez acheter?

 給死谷撫撫類阿薛西踢

 What would you want to buy?

請給我看一下這件運動服。

Montrez-moi cette combinaison de sport, s'il vous plaît.

 蒙泰馬塞特拱比内種督絲柏合 西姆普類

 Please show me this sports suit.

這件衣服有沒有大尺寸的？

Vous avez une taille plus large pour ce vêtement?

 府聞飛魚呢踏也補率格虹的不褐色菲特蒙

 Does this clothes come in a larger size?

這件衣服很適合你穿。

Ce vêtement vous va très bien.

 色菲特逢府發特筆樣

 These clothes really suit you.

那一件多少錢呢？

Combien ça coûte?

 恐鼻樣沙古德

 How much is that one?

哇！怎麼你賣得那麼貴呀？

Ohlàlà! Pouquoi vous le (la) vendez si cher(ère)?

 歐拉拉 朴呵瓜甫了拉（豐）day希哈何

 Wow! How can you sell it so expensive?

已經是最便宜的了。

C'est déjà le(la) moins cher(ère).

 賽day加了（拉）滿薛（何）

 It is already very cheap.

我的錢帶得不夠。

Je n'ai pas apporté assez d'argent.

 九內霸阿玻dayA賽打何炯

 I didn't take enough money.

已經賠本賣了。

Nous n'allons pas faire de profit.

努那龍霸非核督玻析

We are not even making a profit.

或者你選這種，這種比較便宜。

Ou bien vous en choisissez un (une) autre moins cher(ère).

物比樣府刷季賽安（於呢）歐沱河 賽曼薛荷

Or you could choose this, this is cheaper.

算你便宜一點無所謂了。

Je peux vous faire un prix.

九埔撫非核安鼻

I will charge you less.

請幫我包起來。

Pouvez-vous me l'emballer, s'il vous plaît.

普菲母蒙了（拉）隆翁霸類 西姆普類

Please help me wrap it.

逛街購物
Shopping

如果您是崇尚名牌的時尚一族，巴黎著名的購物大道絕對是不可錯過的行程。高級精品在巴黎的定價比台灣略低，絕對會讓您買得不亦樂乎，在台灣深受歡迎的名牌，如Louis Vuitton、Prada、Gucci、Chanel、Fendi、Christian Dior、Versace、Salvatore Ferragamo、Cartier、Yves Saint-Laurent 等應有盡有，甚至可以買到台灣還沒上市的當季時裝、皮件、手錶等精品，法國的購物環境絕對能讓愛買者滿載而歸。

這件襯衫多少錢？

C'est combien cette chemise?

賽拱鼻樣賽特休米茲

How much is this shirt?

五十歐元一件。

Cinquante euros.

三拱偷侯

Fifty Euros.

請給我看看這件毛衣。

Montrez-moi ce pullover, s'il vous plaît.

盟胎馬瑟曝了非核 西姆普類

Can you show me the sweater?

皮大衣 le manteau en fourrure 了蒙托翁富須合 	外套 le manteau 了蒙托 	棉襖 le gilet en coton 了幾類翁口痛 
領帶 la cravate 拉卡發特 	手套 le gant 了公 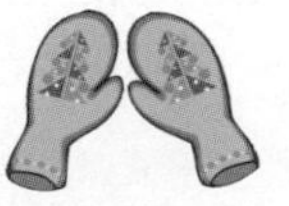	球鞋 les baskets 類把斯給特 
洋裝 la robe 拉後布 	毛衣 le pullover 嘞不了非核 	牛仔褲 le jean 了境 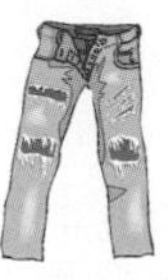

使用信用卡

世界通用的信用卡，如：VISA、MASTER、JCB、Amex、LG、Winners等，都可以在各大百貨公司及飯店、購物商場、餐廳使用，使用時需要同時出示護照。

這頂帽子怎麼賣呀？

C'est combien, ce chapeau?

 賽拱比樣 色蝦波

 How much is this hat?

這頂帽子有什麼顏色？

Ce chapeau existe en quelles couleurs?

 斯蝦普A幾斯訥翁給了酷樂合

 How many colors does this hat come in?

有灰色、藍色和黑色。

Gris, bleu et noir.

 葛希 步路A納盒

 There are gray, blue and black.

請問這件大衣怎麼賣呀？

C'est combien, ce manteau?

 賽拱比樣 色蒙托

 How much is this overcoat?

這個手提包怎麼賣呀？

C’est combien, ce sac-à-main?

賽拱比樣 色薩卡阿曼

How much is this handbag?

我可以試穿嗎？

Je peux l’essayer?

九補類賽爺

May I try it on?

可以。那兒有更衣室。

Oui. La cabine d’essayage se trouve là-bas.

位 了卡比內day塞亞舉色踏福拉巴

Sure. The changing room is over there.

我想要一雙三十七號球鞋。

Je voudrais une paire de baskets taille trente-sept.

九輔得黑於呢陪何督把斯給特他也督同賽特

I want a pair of size thirty seven sneakers.

你看合不合？

Ça va?

偷呷步 沙發

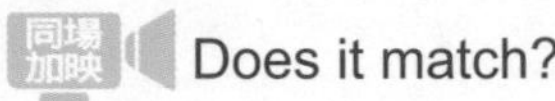

同場加映 Does it match?

有沒有其他的顏色？

Avez-vous d'autres couleurs?

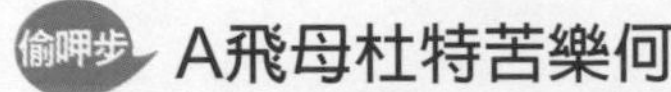

偷呷步 A飛母杜特苦樂何

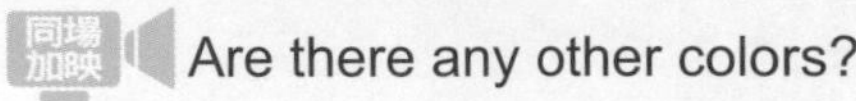

同場加映 Are there any other colors?

請給我藍色的那一件。

Donnez-moi le(la) bleu(e), s'il vous plaît.

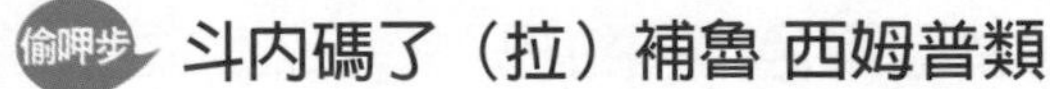

偷呷步 斗內碼了（拉）補魯 西姆普類

同場加映 Please give me the blue one.

請給我看看這條手鍊。

Montrez-moi ce bracelet, s'il vous plaît.

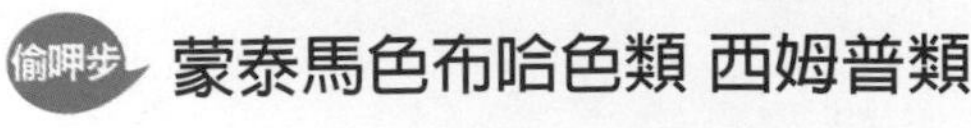

偷呷步 蒙泰馬色布哈色類 西姆普類

同場加映 Please show me this bracelet.

還有沒有其他的牌子呢？

Avez-vous d’autres marques?

A飛母度馬克

Are there any other brands?

可以打折嗎？

Pouvez-vous me faire un prix?

普菲母呢非核安鼻

Can you give me a discount?

我頂多能給你打八折。

Je peux vous offrir au plus une remise de vingt pour cent.

久不腐做符合誤捕率斯於呢喝米仔督慢不鬆

The best I can do is give you a 20% discount.

那就買別的了。

Alors je vais en acheter un(une) autre.

A羅盒九翁非阿噱day安（於呢）歐托河

Then I’ll buy another one.

衣服永遠少買一件
Jamais assez de vêtements

提到時尚，人們肯定會想到法國巴黎，其實法國除了國際精品名牌以外，還擁有不少以實用、個性為設計主題的衣飾，而且價錢相對比名牌服飾便宜許多。如果你是位有品味又實在的購物者，去法國肯定會滿載而歸！

法國還有些出色的時裝設計師，他們大多有自己的門市店面，去這些店裡看看，即使買不起，也可以了解世界最新的服裝潮流。

我想買一件大衣。

Je voudrais acheter un manteau.

九輔得黑阿噱day安盟同

I would like to buy an overcoat.

你喜歡哪種布料的呢？

Qu'est-ce que vous aimez comme tissu?

給絲股甫偺飛恐摸踢旭

Which kind of cloth you like?

我喜歡羊毛的質料。

J'aime la laine.

絕莫啦連呢

I like the material of fleece.

這種布料不錯。

Ce tissu est excellent.

色替旭A賽隆

The cloth is excellent.

請試穿看看這一件，尺寸合身嗎？

Essayez-le(la), s'il vous plaît. Cette taille vous convient-elle?

A賽爺了（拉）西姆普類 賽特大野府恐米檬台了

Please try on this one. Does it match your size?

我想找一件跟這張照片的款式類似的洋裝。

Je voudrais une robe dont le style ressemble à celui de cette photo.

九輔得黑呢活不動了ㄙ踢了喝松補了阿瑟率督賽特否頭

I would like to find a dress which style is similar to this picture.

你想要長袖的還是短袖的？

Vous le(la) voulez à manches longues ou à manche courtes?

府了嘸類阿蒙許攏格物阿盟枯涸特

Would you like the long sleeve one or the short sleeve one?

需不需要修改其他部分？

Voudriez-vous raccomoder d'autre parties?

甫得悉葉甫哈恐捧day多頭拔河踢

Would you like to mend another part?

請幫我修改一下這個部分。

Vous pouvez raccomoder cette partie, s'il vous plaît.

府不非哈恐捧賽特拔河梯 西姆普類

Please mend this part.

傳統工藝品尋寶

L'artisanat traditionnel et la chasse au trésor

法國的鑲嵌藝術曾經淹沒在時光的夜色中，十七世紀曾被稱為「木頭上的繪畫」，這一技藝重現於法式家具和手工藝品當中，出現在很多紀念品當中。

法國的「大馬士革鋼刀」品牌也非常有名，藝術刀具鍛造師透過形狀、工藝和材料來打造靈感精神，稱為大馬士革鋼是因為這技術是從維京人那裡傳入，融入現代科技手法提升了品牌的價值。

這裡是藝品店嗎？

C'est un magasin d'objets d'art?

塞班瑪葛站多部決大河

Is this an artware store?

你們有沒有賣工藝品？

Vendez-vous des objets d'art?

豐day府day部決大河

Do you sell artware?

哪裡有賣有法國的手工藝品？

Où est-ce que je peux acheter des objets artisanaux français?

物AS股九部丫薛day得周步絕大呵阿替中諾風塞

Where are French handicrafts sold?

我想要買一個法國陶瓷器。

Je voudrais une poterie française.

九輔得黑於呢撥特西風塞司

I would like to purchase French pottery.

你覺得這個白瓷怎麼樣？

Qu'est-ce que vous pensez de cette poterie blanche?

給死股甫甭賽督賽特撥特西不攏許

What do you think of this white porcelain?

那個花瓶多少錢？

Le vase coûte combine?

瑞發資股的共筆様

How much is that flower vase over there?

我們有很多青瓷。您要哪一種？

Nous avons beaucoup de poteries vertes. Qu'est-ce que vous voulez comme genre de poterie?

努鬧風不古都撥特瑞菲何特 給死谷撫撫類控莫了迴合度拉波特瑞

We have many celadon. What kind are you looking for?

那個大的請讓我看一下。

Montrez-moi le grand vase, s'il vous plaît.

孟太馬了格洪花子 西姆普類

Please show me the big one.

可以幫我送去我住的飯店嗎？

Pouvez-vous l'apporter à l'hôtel?

普菲母拉玻day阿羅態了

Could you send it to the hotel for me?

這個檯燈是玻璃做的嗎？

Cette lampe de table est-elle faite de verre?

賽特龍普督塔不了A菲特菲杜呵

Is the table lamp made of glass?

我想買一幅畢卡索的複製畫。

Je voudrais acheter une reproduction d'un tableau de Pablo Picasso.

九輔得黑阿嘜day於呢喝播居雄淡K賭趴柏樓畢卡索

I want to buy a Pablo Picasso's duplicate picture.

哪裡可以買到羅浮宮博物館的海報？

Où est-ce que je peux acheter un poster du Musée du Louvre?

物AS葛九步A薛day安波斯特合居密賊居盧福呵

Where could I buy the poster of Louvre Museum?

Chapitre 9

展覽表演看不完

Sorties et événements

法國保存了世界上最多且內容最豐富的各類藝術作品，是每位想探究藝術殿堂的人，一心嚮往朝拜的聖地。你千里迢迢來到法國，希望有機會與這些藝術品來一場近距離的接觸，第一步就是先熟知每個博物館的開放時間、地點、展覽的重要作品，否則不但浪費了時間和鈔票，也辜負了創作這些藝術作品的藝術家們。

羅浮宮
Musée du Louvre

巴黎羅浮宮博物館是世界上收藏重要藝術品的著名博物館之一，藏品包括歷代名畫及近代印象派作品、青銅器、陶器、珠寶、石雕、埃及文物等，館藏接近三十萬件，最受人矚目的是「羅浮宮三寶」——蒙娜麗莎的微笑、維納斯女神像和勝利女神像。

請問羅浮宮博物館在哪裡？

Excusez-moi, où se trouve le Musée du Louvre?

 S估賽母 物色屠夫密賊居盧福呵

 Excuse me, where is the Louvre Museum?

法國最著名的博物館是羅浮宮。

Le musée de France le plus connu est le Musée du Louvre.

 了密賊督法蘭司了卜率恐密A了密賊居盧福呵

 The most famous museum in France is Louvre.

羅浮宮有哪些展覽館？

Quelles sont les galleries du Musée du Louvre?

 給了松類軋類西居密賊居盧福呵

 What are displayed in Louvre Museum?

聽說達文西畫的「蒙娜麗莎的微笑」收藏在羅浮宮裡。

J'ai entendu dire que La Joconde de Da Vinci est préservée dans le Musée du Louvre.

 絕翁通居第何辜拉九孔的A陪賊何飛動密賊居盧福呵

 I heard that Da Vinci Mona Lisa Smile was collected in Louvre Museum.

羅浮宮的埃及館有木乃伊的收藏品，是真的嗎？

C'est vrai qu'il y a une collection de momies dans la section sur l'Egypte du Musée du Louvre?

 賽非黑己利亞於呢口類熊督馬米東拉塞克熊得居不特居密賊居盧福呵

 Is that true that there are collections of mummies in the department of Egyptian Antiquities of Louvre Museum?

羅浮宮的門票一張多少錢？

Un billet d'entrée au Musée du Louvre coûte combien?

安比葉密東泰晤米賊居盧福呵古德拱鼻樣

How much is the ticket for visiting Louvre?

有沒有學生優待票？

Y a-t-il un tarif étudiant?

伊亞剃了安塔蕤福A居抵用

Do the tickets have special student rates?

羅浮宮是以前法國皇室居住的皇宮。

Le Musée du Louvre était le palais des Rois Français.

了密賊居盧福呵A day了八類得華風塞

Louvre Museum was used to the palace of French Royal Family.

羅浮宮的館藏真是豐富啊！

Les collections du Musée du Louvre sont vraiment riches!

類口類克雄駒密賊居盧福呵聳麼害盟唏嘘

What rich collections in Louvre Museum.

館內展出的皇室家具的製作真是精雕細琢。

La collection de meubles royaux est vraiment raffinée.

拉可累克熊鍍膜布了華有聳飛害蒙哈西內

The furniture of French Royal Family displayed in Louvre Museum is elegant.

羅浮宮廣場上的玻璃金字塔是貝聿銘設計的。

La pyramide de verre sur la place du Musée du Louvre a été dessinée par Monsieur Bay.

拉比哈米的嘟葛非何須合拉葛斯居密賊居盧福呵A day溪內拔河米死有備

The Louvre Pyramid was designed by Ieoh Ming Pei.

Chapitre 1 Chapitre 2 Chapitre 3 Chapitre 4 Chapitre 5 Chapitre 6 Chapitre 7 Chapitre 8 Chapitre 9 Chapitre 10

夜晚透過光線看玻璃金字塔真是金碧輝煌。

C'est vraiment magnifique de voir la pyramide de verre illuminée dans la nuit.

賽西黑蒙馬尼希克度蟆河拉咪哈米的葛拉ㄙ一旅命納東啦女

It is very magnificent to watch the Louvre Pyramid through lights at night.

美術館／展覽館

Musées / Expositions

看藝術品展覽可以帶著不同的心情，有求知欲者，可以從展覽裡看到豐富的知識蘊涵；有感受力者，可以從展品中體悟創作者的心情與表情；無為者也可以看繪畫是繪畫、看雕刻是雕刻。旅遊到各地，撥點時間去看展覽吧！收穫絕對比想像中多更多。

請問現在美術館展覽的主題是什麼？

Quel est le thème actuel de la collection du musée?

 給累了某了探何阿居業了督拉口類克雄駒米賊

 What's the subject of the displays in the museum?

展覽館內可以拍照嗎？

Est-ce que je peux prendre des photos dans la salle d'exposition?

 AS股九部彭德合day否投東拉薩了day S波幾雄

 May I take photos in exhibition hall?

禁止拍照。

Il est interdit de prendre des photos.

 衣類塞單太合低度督彭德合day否頭

 It prohibits taking photos.

有沒有可以寄放東西的地方？

Où est-ce que je peux déposer mes affaires?

 物AS 股九步day撥者每閘廢核

 Is there a designated place for me to put my things?

請寄放在那裡的投幣式保管箱。

Veuillez les déposer dans les coffres-forts là-bas.

 否業類day撥賊東類口符合否盒拉霸

 Please leave it at the token storage over there.

牆壁上的那幅畫畫於什麼時代？

Quand est-ce que le tableau sur le mur a été peint?

 拱AS股了他朴樓須合了泌合A半

 How old is that picture hanging on the wall over there?

二百多年前畫的，是非常著名的哥雅畫作。

Il y a deux cents ans. C’est un tableau très connu de Goya.

 伊利亞杜松腫 塞單塔布樓太恐女度勾亞

 That one is over two hundred years old. That is a very famous Goya's painting.

我想參觀一下畫展。

Je voudrais faire le tour de l’exposition.

 九輔得黑非核安河東累死撥幾雄

 I want to visit the art exhibition.

出口在哪裡？

Où se trouve la sortie?

 物色圖福拉縮何悌

 Where is the exit?

耶誕節、新年

Noël, Nouvel An

聖誕假期距離元旦新年很接近，不少人會選擇出國旅遊歡度佳節，此時的法國正適合購物、享受聖誕大餐等。每年都有不少遊客趁著耶誕節期間商店打折的好時機到法國旅遊，街道上熙來攘往的行人更顯出聖誕喜慶的氣氛。

聖誕快樂！

Joyeux Noël!

假優諾也了

Merry Christmas!

新年快樂！

Bonne année!

彭納內

Happy New Year!

我想體驗一下法國聖誕節的熱鬧氣氛。

Je voudrais ressentir l'atmosphère festive en France pendant la période des vacances de fin d'année.

九輔得黑何松替何拉特摩斯菲合菲斯悌弗翁法蘭司甭東拉瞥西又得督發拱斯翁犯打內

I want to experience the festive atmosphere during Christmas in France.

聖誕節的燈飾好漂亮。

Les lumières de Noël sont très jolies.

類旅迷業合諾爺了鬆太久力

The Christmas light ornaments are beautiful.

法國人通常如何慶祝聖誕節呢？

Comment les Français fêtent-ils Noël?

孔孟類風塞菲特體了諾爺了

How French celebrate the Christmas?

你們聖誕節的時候吃些什麼？

Qu'est-ce que vous mangez à Noël?

給死股甫夢覺A諾爺了

Do you eat anything on Christmas?

聖誕節假期的時候要買禮物送給家人及朋友。

Nous achèterons des cadeaux pour nos familles et amis à Noël.

阿努A努砸薛東day卡門不何努發米爺A打密阿諾爺了

We'll buy some gifts for our family and friends on Christmas holiday.

哪邊可以買到薑餅屋呢？

Où pouvons-nous acheter la maison faite de pain d'épice?

物浦豐努普閎阿噱 day了沒種半day仳斯

Where can we buy Gingerbread House?

藝術表演活動
Spectacles

有人曾經為了觀賞「歌劇魅影」的演出特地跑到倫敦，看似帶點瘋狂的行為，背後其實藏著更多對藝術表演的熱情。巴黎歌劇院每年都有來自各國的知名藝術表演團體演出，而你既然到了當地，錯過欣賞演出的機會就有點可惜囉！有興趣的人不妨在出發前先上網查詢最新的表演相關資訊喔！

今天有什麼戲劇表演？

Qu'est-ce qu'il y a comme spectacle aujourd'hui?

給死克莉亞拱夢蝶婭特合歐九合居

Are there any drama performances today?

有沒有歌劇公演的票？

Avez-vous des billets pour les spectacles de l'Opéra?

阿飛甫day比也不何類絲貝克打督樓被哈

Do you have any tickets available for the Opera's public performance?

Chapitre 1 Chapitre 2 Chapitre 3 Chapitre 4 Chapitre 5 Chapitre 6 Chapitre 7 Chapitre 8 Chapitre 9 Chapitre 10

只剩後排的座位了。

Les seules places libres sont celles du fond.

類鎖了朴拉斯利不合聳塞了霧峰

There are only the back seats left.

現在上演什麼音樂劇？

Qu'est-ce qu'il y a ce soir?

給死幾利亞瑟斯娃何

What type of opera is on stage?

請給我兩張今晚的票。

Je voudrais deux billets pour ce soir, s'il vous plaît.

九輔得黑杜比爺朴褐色絲娃何 西姆普類

I'd like two tickets for tonight, please.

真是不湊巧，今晚的票已經賣完了。

C'est dommage. Il n'y a plus de billet pour ce soir.

塞多麻及 衣女亞普率督比爺朴褐色斯抓何

I am sorry, but the tickets for tonight are sold out.

什麼時候有票？

Quand est-ce que je peux acheter les billets?

 拱AS股九部ㄚ削day類比爺

 When will the ticket be available?

可以穿休閒的服裝嗎？

Je peux m'habiller simplement?

 久不罵必爺三補盟

 Can I dress casually?

最好的位子要多少錢？

La meilleure place coûte combien?

 拉梅爺荷普辣司灑股的拱鼻樣

 How much is the best seat in the house?

請給我三張最便宜的票。

Je voudrais trois billets les moins chers.

 九輔得黑塔比爺類曼薛荷

 Can I have three of the cheapest tickets?

法國音樂劇

有藝術之都稱譽的巴黎，到處瀰漫濃厚的藝術氣氛，若想欣賞歌劇、音樂等藝術表演，可以到大型歌劇院一飽耳福及眼福，法國的音樂劇世界聞名，經常在世界各地巡迴演出。

小王子：法國音樂劇《小王子》在全球演出大獲成功，取材自法國大文豪聖艾修伯里的文學名著《小王子》，2007年8月在台北國家戲劇院首度登台，將讓音樂劇迷有機會目睹法國音樂劇的精彩演出。二十一世紀初轟動巴黎的《小王子》，目前已是全球音樂劇迷津津樂道的話題，不僅編導製作陣容集結了當前法國音樂舞台的翹楚，藉由舞台佈景、優美的旋律和雋永的歌詞，把小王子的追尋旅程，化為舞台奇觀。

羅蜜歐與茱麗葉：2000年2月14日，《Romeo et Juliette》在巴黎首演，立刻轟動了全法國，被許多專家和觀衆推舉為有史以來最傑出的音樂劇，不但風靡法國，許多不懂法語的人也紛紛愛上了這部音樂劇，事實上，由於這個故事内容早已家喻戶曉，就算聽不懂法語，欣賞時也不會有多大的障礙。這部音樂劇非常講究舞蹈，舞台上的表演者不但個個有著深厚的芭蕾舞根基，甚至有些高難度的特技，跟音樂搭配簡直是天衣無縫。

法國生活
La vie Française

林語堂《生活的藝術》裡說：「如果你懂得欣賞悠閒，享受你的睡床、坐椅、茶葉和朋友，並容許大自然與你親近，你會發覺『塵世是唯一的天堂』。」法國人的生活裡有許多悠閒自在的時光，對遊客也非常親切有禮，你不妨也試著用自己的心去體會法國人生活的各種面貌。

明天晚上有空嗎？

Etes-vous libre demain soir?

A特甫力不合度曼絲娃何

Are you free tomorrow evening?

到我家來吧！明天是我生日。

Venez chez-moi! Demain c'est mon anniversaire.

分内薛瑪 杜曼賽蒙安尼菲合賽荷

I'd like to invite you over to my place. It's my birthday tomorrow.

一起去跳舞好不好？

Voulez-vous aller danser avec moi?

府類赴阿類凍賽A菲克馬

Do you want to dance with me?

我們開車去兜風。

Allons faire un tour en voiture.

阿龍飛核安徒何翁碼聚合

Let's drive around for fun.

我要去美容院。

Je voudrais aller au salon de beauté.

九輔得黑阿類物撒隆督拉玻day

I want to go to the beauty salon.

最近流行什麼髮型？

Quelle est la coiffure à la mode?

 給累拉誇賀何阿拉謀得

 Which hair style is in fashion?

我要打電話。

Je voudrais faire un appel.

 九輔得黑非核安納被了

 I want to make a phone call.

我得去看牙醫。

Je dois aller chez le dentiste.

 九答阿雷薛了東替絲特

 I need to see the dentist.

我明天要跟朋友去看電影。

Je vais aller au cinema avec des amis demain.

 九非霧溪内碼阿飛客day砸密督慢

 I'll go to see a movie with my friends tomorrow.

法國最新流行的娛樂活動是什麼？

Quels sont les passe-temps à la mode en France?

給了松類把死東阿辣某的翁法蘭司

What's the most fashionable amusement in France?

我想去書店買一本小說。

Je voudrais acheter un roman à la librairie.

九輔得黑阿噱day安侯夢動阿拉利不害析

I'll go to bookstore and buy a novel.

法國的生活節奏

十六世紀法國文學家蒙田(Michel de Montaigne)說：「我們最豪邁、最光榮的事業乃是生活得愜意瀟灑，一切其他事情諸如執政、致富、建造產業，充其量只不過是這一事業的點綴和附屬品。」

「Time is Money（時間就是金錢）」被世界上多數人奉為名言真理，但法國人只當它是耳邊風，法語裡壓根兒沒有這種說法，法國人對只忙於賺錢而不懂得生活非常不以為然。

現代人生活節奏越來越快，可是，法國人卻善於控制生活節奏，善於忙裡偷閒，悠閒瀟灑是法國人的生活情趣，也是他們的生活藝術。

法國人的生活節奏雖然慢了一些，但並非懶惰散漫和拖拖拉拉。他們慢而有序、慢中有樂。他們上班時的步伐總是比下班時邁得更大步，在辦公室裡講話總比在家裡的語速快。

夜晚來臨，街頭咖啡館傳出的悠揚樂曲，燈紅酒綠映著進餐者的身影，能深切感受到法國人放慢節奏、享受生活的處世哲學。

法國旅遊趣

Voyager en France.

Chapitre 10

休閒娛樂好去處

Où aller?

度假、體育運動、聽音樂會……法國人的休閒方式多樣，但最在乎的事只有一樣：必須快樂而放鬆。法國人休閒帶有濃厚的文化色彩，假日期間，各種文化場所湧入大批人潮，為了滿足民眾的生活和休閒需求，各種形式的街區娛樂與公共設施應運而生，許多地區在節慶活動中舉辦的音樂會、展覽會、花車遊行等更是讓人們目不暇給。

巴黎迪士尼樂園
Parc Disneyland Paris

法國迪士尼樂園於1992年開幕，座落於巴黎東部，是全球第二大的迪士尼樂園，擁有「魔幻公園」、商店和包羅萬象的晚間娛樂中心，還有供國際性比賽的高爾夫球場、野營地及無數的遊樂設施，足以使不同年紀的人流連忘返。

踏入巴黎迪士尼樂園，就恍如進入了一個奇妙國度！在米奇老鼠和其他迪士尼朋友的陪伴下，遊人可以在迪士尼樂園展開童話式的奇妙之旅，超越時空，實現一切夢想！迪士尼樂園設有獨一無二的特色景點及多姿多采的購物、飲食和娛樂設施，處處洋溢歡笑。

迪士尼樂園怎麼去啊？

Comment aller à Disney Resort?

拱夢阿類阿低斯尼瑞卓特

How can I go to Disneyland Park?

我想要跟米奇一起拍照。

Je voudrais faire des photos avec Mickey.

九輔得黑非核day否投阿菲克米奇

I want to take photos with Micky.

巴黎迪士尼樂園到處都是卡通圖案。

Il y a des images de dessins animés partout dans le Disney Resort de Paris.

伊拉阿低西馬居低沙阿尼米拔河圖懂了迪斯尼瑞卓何巴黎

There are cartoon pictures all over the Disneyland Park in Paris.

聽說能在迪士尼樂園舉辦童話式婚禮！

J'ai entendu dire qu'on peut avoir un marriage directement sorti des contes de fées au Disney Resort de Paris.

絶翁通居迪何拱部阿福娃何安瑪西婭局縮何梯駭客特蒙孔德督非霧迪斯尼瑞卓何巴黎

I heard that people can hold fairy tale weddings in Disneyland.

迪士尼樂園開放時間從早上十點到晚上七點或九點。

Le Disney Resort est ouvert de dix heures du matin à sept ou neuf heures du soir.

了迪斯尼瑞卓何巴黎A霧非合度低折合特務哪符合居絲娃何

Disneyland is open from 10 a.m. to 7 p.m. or 9 p.m.

迪士尼樂園裡每樣東西都好可愛。

Toutes les choses au Disney Resort de Paris sont ravissantes.

圖特類休斯懂了迪斯尼瑞卓何巴黎聳米哈米松

Everything was lovely in Disneyland.

我要買一隻米老鼠玩偶當禮物。

Je voudrais acheter une peluche de Mickey comme cadeau.

九輔得黑阿噱day於呢波率許督迷期恐摸卡門

I want to buy a Mickey Mouse as gift.

迪士尼樂園裡有很多好玩的遊樂設施。

Il y a beaucoup d'attractions amusantes au Disney Resort de Paris.

伊利亞布股大踏克熊盟砸迷仲冬迪斯尼瑞卓何巴黎

There are many exciting facilities in Disneyland Park.

Fast Pass是免費的嗎？

C'est gratuit, le Fast Pass?

 賽葛哈句 了玹四特把死

 Is the Fast Pass free?

睡美人城堡真是漂亮得不得了。

Le château de la belle au bois dormant est magnifique.

 了蝦透度拉妹了誤把多合盟A馬尼希克

 Sleeping Beauty Castle is magnificent.

巴黎迪士尼樂園共有五個主題園區。

Il y a cinq sections thématiques au Disney Resort de Paris.

 伊利亞三客可胸電馬替克迪斯尼瑞卓何巴黎

 There are five sections in Disneyland of Paris.

巴黎迪士尼樂園(Disneyland Park)是位於法國巴黎郊外的巴黎迪士尼樂園度假區的第一座主題樂園，占地65公頃（140英畝），1992年4月12日開放，開放時叫歐洲迪士尼樂園(Euro Disneyland)。

巴黎迪士尼樂園共有五個主題園區，48個景點及遊樂項目：

- Main Street, U.S.A.美國小鎮大街
- Frontierland邊界樂園
- Adventureland冒險樂園
- Fantasyland幻想樂園
- Discoveryland發現樂園

巴黎迪士尼樂園的標誌性建築為睡美人城堡(Sleeping Beauty Castle)，法文為Le Château de la Belle au Bois Dormant，這個城堡是特別設計的，高45公尺，和世界任何其他迪士尼主題樂園城堡均不同。

因為新天鵝堡（迪士尼城堡以它為藍圖而設計建造）就在歐洲，當時迪士尼的幻想工程師設計這座位於歐洲的迪士尼主題樂園，就決定以「新天鵝堡」做為標誌性建築。

當時迪士尼幻想工程提出了很多概念，從原有迪士尼城堡的小變動修改到全新的城堡設計，最後採用了幻想工程師 Tom Morris的方案，最終在1992年完成。

去動物園
Aller au zoo

隨著人類活動範圍的擴大及環境污染的加重，許多珍稀動物已瀕臨絕種的邊緣，因此歐盟實施了「歐洲瀕危物種繁育計劃」，以拯救和保護面臨滅絕危機的生物物種。二〇〇七年一月初，維氏冕狐猴寶寶在法國巴黎動物園出生，讓復育工作有了具體的成效。

今天要不要去動物園？

Voulez-vous aller au zoo aujourd'hui?

府類府阿類物咒歐合居

Do you want to the zoo today?

巴黎的動物園在哪裡？

Où se trouve le zoo de Paris?

物色屠夫咒督巴黎

Where is the zoo in Paris?

我想租一輛腳踏車。

Je voudrais louer une bicyclette.

九輔得黑鹿於呢碧西可類特

I want to rent a bicycle.

Chapitre 1 Chapitre 2 Chapitre 3 Chapitre 4 Chapitre 5 Chapitre 6 Chapitre 7 Chapitre 8 Chapitre 9 Chapitre 10

你想租哪一種？

Quel genre voudriez-vous louer?

給了迥闔府得悉葉甫路爺

Which kind you want to rent?

你要不要和我一起騎腳踏車去動物園？

Voulez-vous aller au zoo avec moi en vélo?

府類府阿類物咒阿菲克馬翁飛樓

Do you want to go to the zoo with me by bike?

你最喜歡動物園裡的哪一種動物？

Qu'est-ce que vous aimez le plus comme animal dans le zoo?

給死股母者美部率四孔盟阿你馬東了咒

What's your favorite animal in the zoo?

聽說巴黎動物園2007年1月誕生了一隻小冕狐猴。

J'ai entendu dire qu'un Propithecus verreauxi coronatus est né dans le zoo de Paris en janvier 2007.

絕翁通居迪何杠撥逼day克斯飛鵠溪口侯區思A內冬迪斯尼瑞卓何巴黎翁迴迷爺杜米了塞特

It is said that Propithecus verreauxi coronatus was born in Paris Zoo in January in 2007.

巴黎萬森納動物園新成員

法國巴黎萬森納動物園2007年6月誕生了一隻小侏儒河馬，小侏儒河馬張著烏溜溜的大眼睛，好奇地看著外面的世界，稍微蹓躂一會兒又躲回媽媽的懷抱，模樣十分可愛。

法國生物學家茱莉維爾曼說：「小侏儒河馬出生時體重只有四、五公斤，出生三週後再秤重量時，已經有十公斤了。」

侏儒河馬原產於非洲西部，和體型龐大的河馬品種不同，侏儒河馬體型嬌小，近年因為人為的環境破壞，現在全球的數量只剩下約三千隻，已被列為瀕臨絕種的保育動物。

法國的萬森納動物園園方為了保護這隻誕生不久的小河馬寶寶，短期內不會讓牠公開亮相和群眾接觸，希望提供給牠一個安靜的環境，讓牠和母親在一起健康快樂的長大。

看電影
Films

巴黎戲院設施一流，無論從空間、螢幕、音響、座位的安排和舒適性都極其講究，看片時，身臨其境之感真是無可比擬。UGC Les Hall是巴黎年輕人喜歡的電影院，地點在適合shopping的forum des halls附近，這裡聚集了許多年輕的品牌，瘋狂採購之後，還能趕上一場精采的電影，還真是幸福得不得了。

UGC BERCY則是巴黎的大型電影院之一，選擇多樣、環境舒適，位於有名的cour saint emillion裡面，有可愛的石板街道，還有別緻的bar、小酒館和餐廳，看完電影可以在露天咖啡座裡悠閒的喝杯飲料。

我們明天去看電影吧！

Allons au cinema demain!

阿龍勿溪内曼賭慢

Let's go see a movie tomorrow.

聽說這部電影很好看。

J'ai entendu dire que ce film est très bon.

蹶翁通居第河谷瑟希摸A太蹦

It is heard that the movie is great.

那明天早點去排隊。

Allons faire la queue tôt demain matin.

 阿龍飛何拉股透度慢馬擔

 Let's get in line early tomorrow morning.

最近有什麼新的電影上映？

Qu'est-ce qu'il y a eu comme nouveaux films récemment?

 給司機莉亞域孔孟努西蒙黑閘盟

 Have any new movies come out recently?

最近哪部電影最受歡迎？

Quel est le film le plus populaire ces derniers jours?

 給累了西門雷普率剝皮類核西代安尼蘇

 What has been the most popular movie lately?

有沒有「哈利波特」的票？

Avez-vous un billet pour Harry Potter?

 阿飛母安比爺朴荷哈利波特

 Do you have the ticket to "Harry Potter"?

這部電影在哪裡上映？

Où est-ce que je peux voir ce film?

物AS股九部馬合色西門

Where is the movie showing?

這部電影適合小孩子看嗎？

Ce film est bon pour les enfants?

色西門 A 蹦朴何類種逢

Is this movie suitable for children?

電影票一張多少錢？

Ça coûte combien un billet de cinéma?

沙古德拱鼻樣安比業督西內碼

How much is the movie ticket?

我要兩張中間位置的電影票。

Je voudrais deux places au milieu.

九輔得黑督卜拉斯物米離又

I want two tickets for the middle seats.

這部電影真感人。

Ce film est si touchant.

色西門A希圖雄

This movie is so touching.

法國人看電影

法國有許多電影愛好者偏愛的電影雜誌，例如：《電影手冊(Les Cahiers du Cinéma)》、《首映(Premiière)》、《電影生活(Cinélive)》、《製片廠(Studio)》、《瘋狂電影(Mad Movie)》等，以鮮活版式、印刷精美、價格低廉及靈活的發行手段（附贈海報和DVD）等行銷手法，成為影迷愛不釋手的讀物。

法國每個月上映的電影很多，電影票也是一筆不小的娛樂開銷，所以許多影迷會綜合參閱各大雜誌的評論，再決定要看哪一部電影。

在法國看電影要特別留意絕對不能遲到喔！電影開演十五分鐘以後，售票處就會停止售票，即使願意出雙倍的電影票錢也別想進去，這是為了尊重影片的完整性和保護在場觀眾的利益而製定的規則。

法國電影票價一般在六到九歐元之間，算起來比台灣的電影票還貴一些，不過在某些時候會有促銷的優惠活動，例如：2007年6月的電影節，許多參與活動的電影院票價一張只要三．五歐元，喜歡看電影的朋友可以事先探聽一下A好康的機會。

打高爾夫球
Golf

法國擁有許多不同地形的高爾夫球場，不管您是業餘愛好者還是職業高爾夫球選手，法國境內有五百多個高爾夫球場隨時歡迎光臨。其實，到法國打高爾夫球不光是打高爾夫球而已，也可趁機會遊覽各處名勝景點，並藉此細意品味法國的生活方式，一起到法國切磋球技吧！

你的高爾夫球打得好不好？

Jouez-vous bien au golf?

九由甫比樣五夠了符

Do you play golf well?

我們去高爾夫球場揮兩桿吧！

Allons jouer au golf!

阿龍絕野物夠了符

Let's go golfing in the driving range!

我最遠只能打到250碼。

Je peux frapper la balle au plus loin à deux cents cinquante mètres.

久不珐備了把拉五補率鑾居絲扣督松三拱梅特河

I can only baff the ball 250 yards away at the farthest.

揮桿時要運用腰部的力量，不是手腕的力量。

Quand vous frappez la balle, il faut utiliser la force de la taille, pas celle du poignet.

拱府琺備了把了 依了否浴剔勵賊拉否斯督辣他也八塞拉否斯居班提用

When swinging the golf, you should use the strength of the waist, not of the wrists.

高爾夫要靠多練習，就會打得比較好。

Si vous pratiquez beaucoup le golf, vous en jouerez mieux.

母八替給不股居狗了符 府總了九耶黑米憂

Playing golf needs a lot of practice, and the more the better.

打完高爾夫會流一身汗，有很大的運動效果。

Après avoir joué au golf, vous transpirez beaucoup. C'est vraiment bon pour la santé.

阿配酒爺物夠了符 府通思普黑不古 西A不拉蒙蹦朴拉松day

After playing golf, you will sweat a lot. It has a great benefit to your health.

Chapitre 1 Chapitre 2 Chapitre 3 Chapitre 4 Chapitre 5 Chapitre 6 Chapitre 7 Chapitre 8 Chapitre 9 Chapitre 10

球接近洞口時用推桿輕推就可以了。

Quand la balle s'approche du trou, vous pouvez utiliser un bâton et pousser doucement.

拱了把了撒播許武土, 府補非予提莉賊安霸東A朴賽杜斯蒙

When the golf ball is near the hole, you can use a putter and then push it slightly.

南法度假勝地
Découvrir le sud de France

陽光充沛的南部法國，具有山的綿延和海的遼闊，處處都是度假遊客的身影，尼斯(Nice)是地中海耀眼的明珠，鮮花盛開，陽光普照；全球矚目的國際影展舉辦地坎城(Cannes)，有機會盡睹明星風采；普羅旺斯(Provence)、蔚藍海岸(Côte d'Azur)等城市景點和自然風光，讓遊客悠閒的享受的度假時光！

你喜歡做日光浴嗎？

Aimez-vous prendre un bain de soleil?

A 沒母安彭德何安半督所累爺

Do you like sunbath?

玩風浪板要有很好的平衡感。

Il faut avoir un très bon sens de l'équilibre si vous voulez faire du surf.

一哩否阿福娃呵安泰蹦松絲督類居勵不何朴何飛合攏許居色負

Surfboarding needs the good sense of equilibrium.

Chapitre 1 Chapitre 2 Chapitre 3 Chapitre 4 Chapitre 5 Chapitre 6 Chapitre 7 Chapitre 8 Chapitre 9 Chapitre 10

搭乘遊艇出海可以充分享受陽光與海洋的洗禮。

Si vous prenez un bateau pour aller en mer, vous pouvez profiter du soleil et de la mer.

西姆棚内垵霸投朴何阿類翁梅呵 府不飛撥析day居所類也A督拉沒闔

When taking a sail to the sea, you can enjoy the sunshine and sea.

蒙地卡羅會舉辦一級方程式賽車競賽。

Il y aura une course de Formule Un à Monte Carlo.

伊里又哈於呢庫何思督否荷米了安阿蒙地卡羅

Formula One Vehicle race are always held in Monte Carlo.

海面上漂浮著各種顏色的風帆看起來像一幅畫。

Les planches à voile de toutes les couleurs qui flottent sur la mer ressemblent à un tableau.

類普隆許阿馬了督圖類苦樂合機虎露聳不了阿安塔布露

Colorful sails floating on the sea make the scenery like a painting.

今天的天氣非常適合搭船出海釣魚。

Le temps d’aujourd’hui est très bon pour aller à la pêche.

 了凍多酒合居 A 太蹦不何阿類何拉貝許

 Today's weather is suitable for going fishing on the sea.

歐洲各國的人都喜歡到尼斯的海邊度假。

Les gens de tous les pays européens aiment passer leurs vacances sur la plage de Nice.

 磊迴賭徒勒貝安A摸霸賽樂荷花拱斯須合類普辣舉杜妮絲

 People from European countries like to vacation at the beach of Nice.

迷人的蔚藍海岸

法國南部濱臨地中海，充滿陽光熱力，是歐洲人公認的度假勝地；法國南部有一片沒有寒冬的天空，人們終年沐浴在溫潤的空氣中……

蔚藍海岸是獨一無二的，自然與人文構築成一片美麗而優雅的土地，一年四季都有溫馨的生活及美景，但最令人神往的還是不寒冷的「寒冬」——北部高山如屏障般擋住刺骨的寒風，使山南終日陽光煦麗。馬賽、坎城、安蒂貝、尼斯、蒙地卡羅、濱海自由城，無不是充滿魔力與魅力的城市，聲名遠播世界。

在時尚方面

巴黎是時尚之都，名牌精品，化妝品，箔金包領先世界潮流，每年吸引4千多萬時尚專家來這裡朝聖，巴黎因而成為世界上最多外國觀光客的城市。

在娛樂方面

19世紀巴黎就有兩家最大的歌劇院：巴黎歌劇院和巴士底歌劇院。巴黎也是電影的夯景點，很多世界有名電影，都在巴黎拍攝，有的則以巴黎為故事背景，像「紅磨坊」、「達文西密碼」和「艾蜜莉的異想世界」。

在文藝建築方面

羅浮宮每年吸引了800萬人參觀，全球最多遊客參觀的藝術博物館；艾菲爾鐵塔世界矚目的夯景點，每年有600萬以上人次觀光，自開幕後，已有2億人次參觀。巴黎迪士尼樂園每年也有近1500萬遊客；教堂亦是巴黎夯景點之一，聖母院和聖心堂每年有2000萬遊客，想要出國旅遊，巴黎當然是首選。

MANGO

在法國打電話

公用電話：法國各城市的公共場所都設有公用電話，公用電話需要用專門的預付電話卡；電話卡可在郵局、煙店、火車站或巴黎地鐵站購買，還可購買各類用於國際長途通話的預付卡，話費通常比較便宜。

固定電話：可向離家最近的France Telecom（法國電信）服務處申請訂用。可以同時租用電話機。法國電信公司的固定電話費實行全國統一價格，每月為10.49歐元。

行動電話：法國目前主要有三大公司提供行動電話服務，分別是：France Telecom（法國電信）旗下的Orange公司、Sfr公司和Bouygues公司。每家公司都有多種訂用形式和服務價格，如：固定承包價、無訂費通話價、預付通話卡等。每家公司在法國本土各地區的覆蓋面和接收效果不盡相同，因此，應根據具體需要，選用最合適的公司。

法國熱點旅遊城市

巴黎(Paris)

巴黎是座文化古都，到處可見歷史古蹟，隨處可感受到濃郁的文化氣息；流經巴黎市區的塞納河上共有三十六座不同年代建造、建築式樣各異的橋樑。著名的建築物有：巴黎聖母院、羅浮宮、凱旋門、艾菲爾鐵塔、凡爾賽宮、協和廣場、巴黎歌劇院、聖心大教堂、榮軍院、先賢祠、巴士底廣場、楓丹白露宮等。

巴黎擁有八十多家博物館，除了羅浮宮之外，還有羅丹雕塑博物館、畢卡索博物館、奧賽博物館、蒙瑪唐博物館、卡那瓦萊博物館、法國歷史博物館、巴黎市現代藝術博物館、藝術和新作博物館、非洲與大洋洲博物館、群眾藝術與傳統博物館、裝飾藝術館等。

時尚重鎮巴黎是世界上最美麗、最浪漫的城市之一，擁有「夢幻之都」的美譽，是藝術愛好者、作家、服裝設計師和熱愛旅遊者最想一探究竟的地方。在巴黎市中心漫步，即使不經意地走在狹小蜿蜒的石板街道上，也能感受十七世紀文藝復興時期及拿破崙時期的輝煌。

巴黎生機蓬勃、充滿活力，是法國經濟和文化中心，集中了多數大型集團公司和金融機構，三十多年前開始興建的La Defense商業區，已發展成佔地三百萬平方公尺的辦公大樓區，一千五百多家公司將總部設立在該區，法國最大企業的辦事機構多數也設在此處，它是巴黎地區最重要的商務中心。在豐富的文化遺產中，仍可見到令人眼睛一亮的新建築、現代繪畫和雕塑。數以百計的博物館、美術館、美麗的公園和商店，充分展現了身為世界級的城市的風範。還有那些令人無法抗拒的咖啡館和餐廳……在巴黎的每一分鐘都不會感覺無聊。

里昂(Lyon)

除了巴黎之外，法國人口最多的城市是里昂，位於法國東南部，是座歷史悠久的古老城市，1998年被聯合國教科文組織列為世界人文遺產城市之後，它的地位就更顯著了。

里昂作為歷史名城，城市裡有許多中世紀建築和教堂、博物館，有著名的里昂大教堂、古羅馬劇場遺址等。每年在此舉辦國際博覽會，1996年西方七國領袖會議便在里昂舉行。

近來年，里昂在工商、交通和科學教育等方面都有很大的發展，包括郊區在內，人口已達一百多萬，成為法國僅次於巴黎的第二大都市區和經濟文化中心，在國際上也享有越來越重要的地位。

作為水、陸、空交通樞紐，里昂是溝通北歐和南歐的交通要道，尤其是每天有四十五班高速火車通往法國各大城市及地中海城市。

里昂的工業發展始於十九世紀，曾是西方絲織業中心，當時法國的絲織業幾乎全部集中於此，同時也是化學纖維的主要產地，冶金、化工、汽車、機械、電子等行業均較發達。

馬賽(Marseille)

馬賽位於法國南部地中海東，是法國第三大城市，也是歐洲第二大港口。三面被石灰岩山丘環抱，景色秀麗，氣候宜人。

馬賽東南瀕臨地中海，水深港闊，無急流險灘，即使是萬噸級郵

輪也能暢行無阻，全港由馬賽、拉韋拉、福斯和羅納聖路易四大港區組成，年貨運量達一億噸，為法國對外貿易最大門戶。西部有羅納河及平坦河谷與北歐聯繫，地理位置得天獨厚。

馬賽地區資源豐富、工業和商業都很發達，是全國煉油業中心；還有製鹽、鋁礬土、煤炭、發電、冶金、造船、化工、直升機製造、紡織及食品加工等行業；它的海產也很豐富，漁業發達，有現代化的罐頭加工聯合企業；它還是全國最大的船舶修理中心。

馬賽幾乎可以說是法國歷史最悠久的城市，擁有眾多文物古蹟，近年發掘出西元前六世紀希臘時代的堡壘和古城垣遺址。距馬賽老港三公里處有座孤島——伊夫島，是大仲馬《基督山恩仇錄》書中主角被囚禁的伊夫古堡所在地，每年吸引著成千上萬的旅遊者來此參觀。

馬賽是法國聯繫南歐、北非和西亞的交通樞紐。

里爾(Lille)

里爾是法國北方的重要城市，是諾爾－加萊大區的首府，市中心有二十多萬人口，加上周圍城市共約一百萬人。整個諾爾－加萊大區共有人口數超過四百萬，人口密度居全國第二位。

里爾及所在大區是法國重要的工業區之一，早先以冶金和紡織業為主，現已發展成綜合工業基地。鐵路器材產量占全國總產量50%，電力生產居全國第二位，印刷業居全國第二位，機械製造位居全國第三。

諾爾一加萊大區商業發達，法國最大的商業財團之一Auchan大型超級市場就起源自里爾市；最大的郵購商場集團3 Suisses總部也設在該市。

諾爾一加萊大區交通發達，大區有三個港口，高速公路總長四百六十四公里，可通往歐洲七個國家的首都。里爾機場為一重要的國際機場。

諾爾一加萊大區的對外貿易居法國第三位，次於巴黎大區和羅納一阿爾卑斯大區。該大區教育發達，有綜合性大學七所、工科性大學十五所、商學院六所、高等

技術學校四所。

尼斯(Nice)

尼斯位於法國東南部，瀕臨地中海，是法國第五大城市，第二大旅遊勝地。尼斯依山傍水，東部是舊城和港口，西部是新城，氣候宜人，市內有許多歷史古蹟、博物館、美術館、遊樂場，吸引著大量的遊客。

在地理上，尼斯三面環山，一面臨海，有著七千五百公尺長的海岸線。群山的阻隔使尼斯免受寒冷的北風侵襲，冬暖夏涼是尼斯最主要的氣候特徵，臨海的地形使尼斯一年四季陽光充沛，天氣晴朗。

主要名勝和遊覽點有馬塞納廣場、阿爾貝一世花園、英國步行海濱大道、美國海濱大道、拉斯卡里宮、聖·雷帕拉特大教堂、古羅馬圓形大劇場遺址、馬克·夏加爾博物館、馬蒂斯博物館、朱爾·謝雷美術博物館、現代美術畫廊、考古博物館、展覽館等。

尼斯每年都有許多盛大的節日，如賽花節、帽子節、五月節等，而尼斯Carnaval狂歡節是最具吸引力的節日，尼斯狂歡節比夏日海濱更熱鬧，每年二、三月份，舉行近三週的狂歡活動，花車遊行、放煙火、化妝舞會等活動，屆時滿城飛花，五彩繽紛，熱鬧非凡。平日的尼斯也是個花團錦簇的世界，建築物的陽臺上都裝飾有各式美麗的鮮花，許多街頭巷尾的房屋，彷彿被鮮花淹沒，宛如浪漫的童話世界。

尼斯的經濟主要是旅遊業及與旅遊相關的工業、農業和交通運輸業。工業主要有電子、機械、建築、紡織、服裝、印刷、食品、酒類和香水生產。農業有園藝和花卉種植業，生產旅遊業需用的新鮮蔬菜和鮮花。為使經濟多樣化發展，尼斯市已經計劃向瓦爾河方向開發大型工、商業區。此外，尼斯還具有歐洲最大的高新科技園區——蘇菲亞・安蒂波利斯(Sophia Antipolis)高新科技園區。

尼斯機場是僅次於巴黎和馬賽的法國第三大機場，每天都有八十個航班與世界四十五個國家聯繫，另有鐵路與歐洲各地相連，交通極為便利，尼斯港港面寬闊，主要為其進出口運輸服務。

波爾多(Bordeaux)

波爾多是法國十八世紀崛起的偉大城市之一，嚴謹、堅固、繁榮，因擁有最大的葡萄園區、生產全世界最好的葡萄酒而享譽全球。波爾多的葡萄酒品種和產量在世界名列前茅，出口歷史有幾個世紀。當地有將近一萬四千家葡萄種植和葡萄酒生產企業，年營業額平均在二十億歐元以上，其中出口額占了七億歐元。

從羅馬時代開始，波爾多就和葡萄酒結緣，當時載運來自法國中部的葡萄酒出口。到了西元一世紀，波爾多開始種植葡萄。十三世紀到十五世紀，波爾多都屬於英國的領土，當時英法兩國正因阿基坦的主權征戰不休。1453年，波爾多重回法國懷抱，但與英國的葡萄酒貿易持續成長，從那時起英國人對於波爾多酒的喜愛，從未減少過。

波爾多是個呈現十八世紀風貌的城市，當時由巴黎推動的大規模重建修復計劃，由有錢的酒商資助，蓋了許多大型建築。經過了幾十年的努力，城市有了金黃色的迴廊和雕像、優雅的鐵欄杆、古典造型的建築，整個城市有了典雅繁華的面貌。

波爾多是法國西南部阿基坦大區和紀龍德省(Gironde)首府所在地，是歐洲大西洋沿岸的戰略要地。波爾多港是法國連接西非和美洲大陸最近的港口，是西南歐的鐵路樞紐。

阿基坦大區自然條件優越，有利於農作物生長，農業生產在全國排名第三，玉米生產居歐盟第一位，鵝肝生產和加工居世界第一。

阿基坦人區是

歐洲主要的航空航太工業基地之一，該大區在法國航空產品出口中占第三位。此外，阿基坦大區的電子、化學、紡織和服裝業也很發達；木材儲量豐富，技術加工能力強。

阿基坦大區海岸線長，陽光充足，綿延的庇里牛斯山脈和歐洲最大的森林，吸引著各國的遊客，該大區的旅遊業在法國居第五位，年營業額為十七億歐元。

普羅旺斯(Provence)

普羅旺斯位於法國南部，從地中海沿岸延伸到內陸的丘陵地區，中間有隆河(Rhone)流過，自古就以明朗的陽光和蔚藍的天空，令世人驚豔。

整個普羅旺斯地區極富變化而擁有不尋常的魅力──天氣陰晴不定，暖風和煦，冷風狂野；地勢跌宕起伏，平原廣闊，峰嶺險峻；寂寞的峽谷、蒼涼的古堡，蜿蜒的山脈和活潑的都會……全都在這片南法國的大地上演繹萬種風情。

最初的普羅旺斯北起阿爾卑斯山，南到庇里牛斯山脈，包括法國整個南部區域。羅馬帝國時期，普羅旺斯就被列為所屬的省份。隨著古羅馬的衰敗，普羅旺斯又被其他勢力所控制……法蘭克、撒拉遜人、封建領主，還曾被法蘭西帝國與羅馬教皇瓜分。

歷史上普羅旺斯的範圍變化很大。十八世紀末大革命時期，法國被分成五個不同的行政省分，普羅旺斯是其中之一。到了二十世紀六〇年代，行政省分又被重新組合劃分成二十二個大區，於是有了現在的普羅旺斯－阿爾卑斯大區。

在溫文爾雅的大學名城艾克斯、教皇之城亞維農的前後，還有那些逃過世紀變遷的中世紀小村落和古老的山鎮。

儘管世紀的動盪給普羅旺斯留下了混淆的疆界概念，但也賦予普羅旺斯一段多彩多姿的過去，歲月流逝，普羅旺斯將古今風尚完美地融合在一起。

在小城奧朗日(Orange)，可以坐在羅馬時代的圓形露天劇場看表演；在另一個小城阿爾(Arles)，你可以坐在Place du Forum的咖啡廳裡消磨一下午，那令人沈醉的景致，與一個世紀前梵古所畫的畫作幾乎沒有差別……

戲劇化的是，那些美麗如畫的小山村，也時刻提醒人們憶起從前的歷史。萊斯德克斯、格底斯坐落在普羅旺斯中北部險峻的山區，中世紀時代封建領主的紛爭，令整個法國南部陷入戰亂之中。為安全起見，這一帶山村結構緊密，修建在陡峭的懸崖邊，彷彿要與世界隔離。

在過去幾個世紀裡，他們的隔離是成功的。但自六〇年代開始，一批新的入侵者迅速打破了這裡的寧靜，他們是觀光客。

「夏天時為了買一點日常用品，常要排在一長列旅觀光客後面，等待他們逐個為一兩張明信片付帳。這實在讓人厭煩。」當地人雖然如此抱怨，但旅遊季之後，這兒又恢復了寧靜。

埃克斯市Aix-en-Provence是畫家保爾．塞尚的故鄉，自中世紀起就是一座大學城，也是著名的「泉城」。這裡是羅馬普羅旺斯的古都，至今仍以古羅馬遺蹟、哥德式和文藝復興時期建築風格而著稱。埃克斯市還以獨特的烹飪、玫瑰紅葡萄酒及特別的普羅旺斯方言而聞名。

普羅旺斯的生活簡樸高尚，來這裡把生活節奏放緩，好好地呼吸一口忘憂草的香味，嘗一口新鮮起士，也是人生難得的享受。

當地出產優質葡萄美酒，其中20%為高級和頂級酒種。由於地中海陽光充足，普羅旺斯的葡萄含有較多糖分，這些糖轉變為酒精，使普羅旺斯酒的酒精度比北方的酒高出二度。常見的紅酒有Cotes de Provence, Coteaux d'Aix en Provence, Bandol。

南普羅旺斯的古老小城阿爾，以熱烈明亮的地中海陽光和時尚的藝術風格聞名。看過《梵古傳》的人大概都會記得傑出的畫家曾在這裡創作、生活。這裡的街道、房屋、酒吧，到處充滿了濃厚的藝術氣息。

古羅馬的建築、藝術家的作品、生活在現代文明社會的人，在這裡和諧相處，寧靜美好。這裡每年七月會舉辦時髦的國際攝影節，在石頭巷道和小廣場上，展覽當今締造潮流的大攝影師作品。

亞維農(Avignon)

亞維農位於法國南部的隆河左岸，是普羅旺斯最熱鬧的城市，自中世紀以來就有教皇常

住於此，在克里門特五世到1378年，天主教教廷從羅馬遷移至此，並受國王控制，後來更出現兩地各立教宗的情形 。

亞維農的名字Avignon在古語原意是「河邊之城」或「很多大風的城」，它站在普羅旺斯隆河岸邊的高坡上，突出於周圍的平原和低谷之上，終年都有大風刮過。這樣的地勢，歷來是商家和兵家的常爭之地，因此這裡留下了很多羅馬遺址。1995年以亞維農歷史城區之名，被列入世界文化遺產。

勃艮第(Burgundy)

勃艮第地區位於法國中部，範圍包括科多爾、索恩一盧瓦爾、涅夫勒和約訥四省。每天多班次的高速火車TGV從巴黎的里昂車站赴第戎（全程約需一小時四十分）。途中經停蒙巴德(Montbard)，並可在此站轉乘巴士前往。

勃艮第是法國紅葡萄酒的聖地。該地出產的紅酒是法國傳統葡萄酒的典範，被尊稱為「法國葡萄酒之王」。

對勃艮第而言，葡萄酒不僅是一種文化，而且是個優秀的「大使」，人們通過香醇味濃的勃艮第葡萄酒認識了勃艮第。當你開始認識勃艮第之後，就注定要迷戀上它了。

美麗的自然風景，四季如春，如詩如畫般的田園風情，恬靜的鄉村，古樸的小鎮，是它與生俱來的風情萬種，不帶雕琢與做作。它的自然大方和溫柔，是滿足你浪漫情懷的麻醉劑。當你踏足這片優美的土地時，就會明白為什麼它能孕育出如此美妙的葡萄酒。

MP3的曲目

曲目	頁碼
曲目1	著作權聲明
曲目2	8-13
曲目3	16-20
曲目4	21-26
曲目5	27-33
曲目6	34-39
曲目7	42-46
曲目8	47-48
曲目9	49-50
曲目10	51-55
曲目11	56-57
曲目12	58-59
曲目13	60-63
曲目14	66-68
曲目15	69-71
曲目16	72-73
曲目17	76-81
曲目18	82-87
曲目19	88-90
曲目20	91-93
曲目21	96-100
曲目22	101-104
曲目23	105-107
曲目24	108-112
曲目25	113-115
曲目26	116-119
曲目27	120-122

曲目	頁碼
曲目28	123-127
曲目29	130-133
曲目30	134-138
曲目31	139-141
曲目32	142-145
曲目33	146-148
曲目34	149-151
曲目35	154-158
曲目36	159-171
曲目37	172-175
曲目38	176-177
曲目39	180-183
曲目40	186-191
曲目41	192-197
曲目42	198-200
曲目43	201-204
曲目44	206-210
曲目45	211-213
曲目46	214-216
曲目47	217-219
曲目48	221-224
曲目49	228-231
曲目50	233-235
曲目51	236-239
曲目52	240-242
曲目53	243-245

國家圖書館出版品預行編目(CIP)資料

我的第一本法語旅遊 / 林曉葳．Marie Garrigues
合著
……初版……新北市；哈福企業,
2015, 10 面 ； 公分
ISBN 978-986-5616-30-4 (平裝附光碟片)
1. 法語--會話
804.588

法語系：11

我的第一本法語旅遊書

作者／ 林曉葳．Marie Garrigues 合著
出版單位／哈福企業
地址／新北市中和區景新街347號11樓之6
電話／(02) 2945-6285 傳真／(02) 2945-6986
出版日期／2015年10月
定價／NT$ 270元（附MP3）

全球華文國際市場總代理／采舍國際有限公司
地址／新北市中和區中山路2段366巷10號3樓
電話／(02) 8245-8786 傳真／(02) 8245-8718
網址／www.silkbook.com 新絲路華文網

香港澳門總經銷／和平圖書有限公司
地址／香港柴灣嘉業街12號百樂門大廈17樓
電話／(852) 2804-6687 傳真／(852) 2804-6409
定價／港幣90元（附MP3）

email／haanet68@Gmail.com
網址／Haa-net.com
facebook／Haa-net 哈福網路商城

郵撥打九折，郵撥未滿500元，酌收1成運費，
滿500元以上者免運費

特此誌謝 法國旅遊發展署

哈福

哈福